折射集
prisma

照亮存在之遮蔽

# Motto di spirito e azione innovativa:
**Per una logica del cambiamento**

# Paolo Virno

## 当代激进思想家译丛
● 丛书主编 张一兵

## 笑话和创新行动:
### 一种改变的逻辑

[意] 保罗·维尔诺 著  吴頔 译

南京大学出版社

Motto di spirito e azione innovativa: Per una logica del cambiamento
© 2005 Bollati Boringhieri editore, Torino
Simplified Chinese Edition Copyright © 2024 by NJUP
All rights reserved.

江苏省版权局著作权合同登记　图字：10-2021-521号

**图书在版编目(CIP)数据**

笑话和创新行动：一种改变的逻辑／(意)保罗·维尔诺著；吴頔译.—南京：南京大学出版社，2024.2
(当代激进思想家译丛／张一兵主编)
ISBN 978-7-305-27548-7

Ⅰ.①笑… Ⅱ.①保… ②吴… Ⅲ.①笑话-语言哲学-研究 Ⅳ.①I057

中国国家版本馆CIP数据核字(2024)第010313号

Quest'opera è stata tradotta con il contributo del Centro per il libro e la lettura del Ministero della Cultura italiano.
本书的翻译获得了意大利文化部图书与阅读中心的资助。

| | |
|---|---|
| 出版发行 | 南京大学出版社 |
| 社　　址 | 南京市汉口路22号　邮　编 210093 |
| 丛　书　名 | 当代激进思想家译丛 |
| 书　　名 | 笑话和创新行动：一种改变的逻辑<br>XIAOHUA HE CHUANGXIN XINGDONG: YIZHONG GAIBIAN DE LUOJI |
| 著　　者 | [意]保罗·维尔诺 |
| 译　　者 | 吴　頔 |
| 责任编辑 | 张倩倩 |
| 照　　排 | 南京紫藤制版印务中心 |
| 印　　刷 | 南京爱德印刷有限公司 |
| 开　　本 | 635 mm×965 mm　1/16开　印张7.25　字数73千 |
| 版　　次 | 2024年2月第1版　印次 2024年2月第1次印刷 |
| ISBN | 978-7-305-27548-7 |
| 定　　价 | 40.00元 |

网　　址：http://www.njupco.com
官方微博：http://weibo.com/njupco
官方微信：njupress
销售咨询：(025)83594756

＊版权所有，侵权必究
＊凡购买南大版图书，如有印装质量问题，请与所购图书销售部门联系调换

# 激进思想天空中不屈的天堂鸟
## ——写在"当代激进思想家译丛"出版之际

张一兵

传说中的天堂鸟有很多版本。辞书上能查到的天堂鸟是鸟也是一种花。据统计，全世界共有40余种天堂鸟花，在巴布亚新几内亚就有30多种。天堂鸟花是一种生有尖尖的利剑的美丽的花。但我更喜欢的传说，还是作为极乐鸟的天堂鸟，天堂鸟在阿拉伯古代传说中是不死之鸟，相传每隔五六百年就会自焚成灰，由灰中获得重生。在自己的内心里，我们在南京大学出版社新近推出的"当代激进思想家译丛"所引介的一批西方激进思想家，正是这种在布尔乔亚世界大获全胜的复杂情势下，仍然坚守在反抗话语生生灭灭不断重生中的学术天堂鸟。

2007年，在我的邀请下，齐泽克第一次成功访问中国。应该说，这也是当代后马克思思潮中的重量级学者第一次在这块东方土地上登场。在南京大学访问的那些天里，除去他的四场学术报告，更多的时间就成了我们相互了解和沟通的过程。一天他突然很正经地对我说："张教授，在欧洲的最重要的左翼学者中，你还应该关注阿甘本、巴迪欧和朗西埃，他们都是我很好的朋友。"说实话，那也是我第一次听到这些陌生的名字。虽然在2000年，我已经提出"后马克思思潮"这一概念，但还是局限于对国内来说已经比较热的鲍德里亚、德勒兹和后期德里达，当时，齐泽克也就是我最新指认的拉康式的后马克思批判理论的代表。正是由于齐泽克的推荐，促成了2007年南京大学出版社开始购买阿甘本、朗西埃和巴迪欧等人学术论著的版权，这也开辟了我们这一全新的"当代激进思想家译丛"。之所以没有使用"后马克思思潮"这一概念，而是转启"激进思想家"的学术指称，因之我后来开始关注的一些重要批判理论家并非与马克思的学说有过直接或间接的关联，甚至干脆就是否定马克思的，前者如法国的维利里奥、斯蒂格勒，后者如德国的斯洛特戴克等人。激进话语，可涵盖的内容和外延都更有弹性一些。这一新的研究领域已经开始成为国内西方左翼学术思潮研究新的构式前沿。为此，还真应该谢谢齐泽克。

那么，什么是今天的激进思潮呢？用阿甘本自己的指认，激进话语的本质是要做一个"同时代的人"。有趣的是，这个"同时代的人"与我们国内一些人刻意标举的"马克思是我们的同时代的人"的构境意向却正好相反。

"同时代就是不合时宜"(巴特语)。不合时宜,即绝不与当下的现实存在同流合污,这种同时代也就是与时代决裂。这表达了一切**激进话语**的本质。为此,阿甘本还专门援引尼采①在1874年出版的《不合时宜的沉思》一书。在这部作品中,尼采自指"这沉思本身就是不合时宜的",他在此书"第二沉思"的开头解释说,"因为它试图将这个时代引以为傲的东西,即这个时代的历史文化,理解为一种疾病、一种无能和一种缺陷,因为我相信,我们都被历史的热病消耗殆尽,我们至少应该意识到这一点"②。将一个时代当下引以为傲的东西视为一种病和缺陷,这需要何等有力的非凡透视感啊!依我之见,这可能也是当代所有激进思想的构序基因。顺着尼采的构境意向,阿甘本主张,一个真正激进的思想家必然会将自己置入一种与当下时代的"断裂和脱节之中"。正是通过这种与常识意识形态的断裂和时代错位,他们才会比其他人更能够感知**乡愁**和把握他们自己时代的本质。③ 我基本上同意阿甘本的观点。

阿甘本是我所指认的欧洲后马克思思潮中重要的一员大将。在我看来,阿甘本应该算得上近年来欧洲左翼知识

---

① 尼采(Friedrich Wilhelm Nietzsche, 1844—1900):德国著名哲学家。代表作为《悲剧的诞生》(1872)、《查拉图斯特拉如是说》(1883—1885)、《论道德的谱系》(1887)、《偶像的黄昏》(1889)等。
② Friedrich Nietzsche, "On the Uses and Abuses of History to Life", in *Untimely Meditations*, trans. R. J. Hollingdale, Cambridge: Cambridge University Press, 1997, p. 60.
③ [意]阿甘本:《裸体》,黄晓武译,河南大学出版社2015年版,第7页。

群体中哲学功底比较深厚、观念独特的原创性思想家之一。与巴迪欧基于数学、齐泽克受到拉康哲学的影响不同，阿甘本曾直接受业于海德格尔，因此铸就了良好的哲学存在论构境功底，加之他后来对本雅明、尼采和福柯等思想大家的深入研读，所以他的激进思想往往是以极为深刻的原创性哲学方法论构序思考为基础的。并且，与朗西埃等人1968年之后简单粗暴的"去马克思化"（杰姆逊语）不同，阿甘本并没有简单地否定马克思，反倒力图将马克思的批判精神与当下的时代精神结合起来，以生成对当代资本主义社会存在更为深刻的批判性透视。他关于"9·11"事件之后的美国"紧急状态"（国土安全法）和收容所现象的一些有分量的政治断言，是令西方资本主义国家政要为之恐慌的天机泄露。这也是我最喜欢他的地方。

朗西埃曾经是阿尔都塞的得意门生。1965年，当身为法国巴黎高师哲学教授的阿尔都塞领着整个西方马克思主义科学思潮向着法国科学认识论和语言结构主义迈进的时候，那个著名的《资本论》研究小组中，朗西埃就是重要成员之一。这一点，也与巴迪欧入世时的学徒身份相近。他们和巴里巴尔、马舍雷等人一样，都是阿尔都塞的名著《读〈资本论〉》（*Lire le Capital*，1965）一书的共同撰写者。应该说，朗西埃和巴迪欧二人是阿尔都塞后来最有"出息"的学生。然而，他们的显赫成功倒并非因为他们承袭了老师的道统衣钵，反倒是由于他们在1968年"五月风暴"中的反戈一击式的叛逆。其中,朗西埃是在现实革命运动中通过接触劳动者,以完全相反的感性现实回归远离了阿尔都塞。

法国的斯蒂格勒、维利里奥和德国的斯洛特戴克三人都算不上是后马克思思潮的人物,他们天生与马克思主义不亲,甚至在一定的意义上还抱有敌意(比如斯洛特戴克作为当今德国思想界的右翼知识分子,就是反对马克思主义的)。可是,在他们留下的学术论著中,我们不难看到阿甘本所说的那种绝不与自己的时代同流合污的姿态,对于布尔乔亚世界来说,都是"不合时宜的"激进话语。斯蒂格勒继承了自己老师德里达的血统,在技术哲学的实证维度上增加了极强的批判性透视;维利里奥对光速远程在场性的思考几乎就是对现代科学意识形态的宣战;而斯洛特戴克最近的球体学和对资本内爆的论述,也直接成为当代资产阶级全球化的批判者。

应当说,在当下这个物欲横流、尊严倒地,良知与责任在冷酷的功利谋算中碾落成泥的历史时际,我们向国内学界推介的这些激进思想家是一群真正值得我们尊敬的、严肃而有公共良知的知识分子。在当前这个物质已经极度富足丰裕的资本主义现实里,身处资本主义体制之中的他们依然坚执地秉持知识分子的高尚使命,努力透视眼前繁华世界中理直气壮的形式平等背后所深藏的无处控诉的不公和血泪,依然理想化地高举着抗拒全球化资本统治逻辑的大旗，发自肺腑地激情呐喊，振奋人心。无法否认，相对于对手的庞大势力而言，他们显得实在弱小，然而正如传说中美丽的天堂鸟一般，时时处处，他们总是那么不屈不挠。人类社会发展的历史已经明证，内心的理想是这个世界上最无法征服也是力量最大的东西，这种不屈不挠的思考和抗争，常常就是燎原之前照亮人心的点点星火。因此，有他们和我们共在，就有人类更美好的解放希望在！

# 目 录

序言 ……………………………………………… 001

## 第一部分　如何以言为新？

1. 从闯入的第三人称到公共领域 …………………… 003
2. 笑话和实践哲学 …………………………………… 011

## 第二部分　决断、规范和常态

3. 漏水的壶：论规则应用的困难性 ………………… 025
4. "共同的人类行为方式"和例外状态 …………… 032

## 第三部分　危机情境中的推理

5. 笑话的逻辑 ………………………………………… 053

6. 不同的组合与偏离的轨道：创新行动的资源 ········ 063
7. 论生活形式的危机 ························· 074

后记 ····································· 088
参考书目 ································· 090

# 序　言

　　人类具有改变自身生活形式、背离既定规则和习惯的能力。如果"创造性的"（creativo）这一词语没有被太多模棱两可的解释所破坏，那么可以说，人类是"创造性的"。这一发现虽然本身无可置疑，却与所谓的"圆满结局"无关：它引起了各种各样的疑问和怀疑。当我们踏上一条意外之路时，实践和话语要求什么样的运用？在特定时刻，迄今一直占主导地位的均衡状态将如何破裂？说到最后，创新行动是由什么构成的？

　　有一种行之有效的方法可以解决这一问题，虽然这种方法只是看起来行之有效，在本质上却让我们一无所获。我们将不得不从最广义上理解"创造力"这一概念，以便与"人性"一词相一致。这样，我们便匆匆得到一些令人宽慰的同义反复。人类动物之所以必然能够创新，是因为它被赋予了语言能力，或是因为缺乏一个确定不变的环境，或是因为这是一个历史现象：简而言之，因为它是……人类动物。掌声响起！帷幕拉开！同义反复回避了一个最棘手和有趣的问题：变革行动是**断断续续**的，甚至是罕见的。试图通过反驳我们物种特有的特征来解释同义反复规程的尝试，也未切中要点，因为这些特征是明显且合理的，即使经验是不变和重复的。

乔姆斯基①（Noam Chomsky）认为，我们的语言是"不断创新的"，因为它独立于"外部刺激或内部状态"（以及其他一些不值一提的原因，参见 Chomsky, 1988, pp. 6 - 7, 113 - 146）。但是，这种独立并不会遭受侵蚀，只在特定情况下才会让位于不寻常和令人惊讶的言语行为，那么这种独立性到底需要什么？难怪乔姆斯基将创造力归因于一般语言（即"人性"），并认为这种创造力构成了一个无法解开的谜。让我们来看另一个例子。阿诺德·盖伦②（Arnold Gehlen）的哲学人类学认为，由于天生的贫乏，**智人**总是在应对过多的、非最终确定的生物学刺激，在这过程中并不会产生明晰的行为：这也就是为什么智人的行动，尽管"毫无根据"，却依旧具有创造性（参见 Gehlen 1940, pp. 60 - 87）。在这里问题仍未得到解答：为什么大量的非最终确定的生物学刺激，在大多数情况下会导致刻板行动，而很少会导致突然的创新？

---

① 诺姆·乔姆斯基，美国语言学家和哲学家，著有《句法结构》等。——译者注

② 阿诺德·盖伦，德国哲学家和社会学家，哲学人类学的代表人物。——译者注

从我们物种的某些决定性特征推导出影响行为变化的条件是完全合理的。但是，将这些**可能性条件**与一个行为改变时所援引的特定**逻辑语言资源**等同起来，则是一个明显的错误。在条件和资源之间有一个间断：可以说，正是这一间断区分了空间的**先验**直觉与制定或理解几何定理的推理。话语独立于"外部刺激或内部状态"（乔姆斯基）和天生的贫乏（盖伦），但是这一独立并不能解释为什么当一个盲人无意地问一个跛子"最近怎么样？"时，跛子以一种十分创新的方式驳斥道："如你所见。"乔姆斯基和盖伦只是告诉我们跛子**可以**如此回应（而不是以其他一些常规方式去回应，比如"很好，你呢？""非常棒""好像更糟"）盲人无意挑衅的原因。但是乔姆斯基和盖伦没有谈及导致对话突然改变的实际程序。相较于其可能性条件，创新行动所依赖的逻辑语言资源更加具有限制性或更不普遍。虽然这些资源是所有人类动物的特权，但它们仅在一些危机时刻才能被使用和最大程度凸显。例如，当先前似乎无可置疑的生活形式变得不适合的时候；当"语法平面"（游戏规则）和"经验平面"（这些规则所应用的事实）之间的区分变得模糊时；当人类实践短暂遭遇被法学家称为**例外状态**（stato d'eccezione）的逻辑困境时。

为了避免同义反复，我认为应该在一个非常限制，甚至绝对狭隘的意义上去理解"创造力"：在紧急情况下，言语思维的形式允许自身行为的改变。对"人性"的同义反复式使用无法解释任何东西：既没有解释均衡状态，也没有解释逃离均衡状态的行为。反过来也一样，对仅在危机中才凸显的逻辑语言资源的考察，除了突出创新的**技术**，还为理解重复行为提供了不同的启示。正是跛子那出乎意料的妙语，澄清了更为可能发生的刻板回应的一些重要方面——当然不是言语相较于环境和心理条件的构成性独立。一个规则的中断或改变，为我们揭露出平时不被注意的悖论及困境，而这些悖论和困境正源自规则的最盲目和最无意识的应用。

接下来的内容聚焦于笑话。人们相信笑话可以为我们理解语言动物如何意外地偏离惯常实践提供充分的**经验基础**。此外，在狭义上，笑话似乎相当有效地体现出"创造力"：也就是说，在其完全的总体上，创造力并不等同于人性，与之相反，创造力以危机情境作为其独特的试验场。这里主要参考的文本是弗洛伊德所写的关于**笑话**的文章（1905）：据我所知，只有弗洛伊德曾试图对不同种类的笑话进行详细的、**植物学式的**（botanica）分类。众所周知，弗洛伊德努力阐明了造成聪敏反驳的修辞手法和思维模式。然而，我必须提醒我的读者们，严格来说，我在以一种非弗洛伊德主义的方式解释弗洛伊德收集和组织的概念。我希望突出笑话与公共领域中的实践之间的严格关联，而非如弗洛伊德一样，最终将笑话与梦境和无意识的作用相联系。因此，毫无意外，面对成功的笑话，我不会谈论梦，但是会更多地讨论**实践智慧**，即在没有安全网的情况下，在同侪面前，指引行动者的实践技术诀窍和判断力。

笑话是创新行动的**图表**。和皮尔士以及数学家们一样，我所理解的"图表"是指以缩影形式再现某种现象的结构和内部比例的符号（想想一个方程式或一张地图）。笑话是在历史或传记性危机中打断经验循环的逻辑语言图表。正是在笑话这一微观形式中，那些在人类实践的宏观世界中引起生命形式变化的推理方向的改变和含义的置换，变得清晰可见。简而言之：笑话是一种定义明确的语言游戏，它具有自己独特的技术，但其最突出的功能在于**展示所有语言游戏的可转换性**。

我的论述包含两个应立即阐明的从属假设。首先来看第一个假设。笑话涉及语言实践中最隐蔽的问题：**如何将规则应用于特定情况**。但是它也恰好涉及应用过程中出现的危险或困难和不确定性。笑话一直在展示：一个人究竟能以多少种不同甚至相反的方式，遵守同一规范。但恰恰是规则应用中出现的偏差，会导致规则本身发生剧烈的变化。人类的创造力并非位于规范之上或之外，而是作为一**种次规范**而存在：只有当我们被迫遵守某一确定规范时，它才会在偶然出现的偏僻和不当路径中显示自身。尽管看起来自相矛盾，但例外状态最初栖息于维特根斯坦所谓的、只是表面上明显的"遵守规则"的活动中。这意味着规范的每一个不起眼的应用本身总是包含"例外状态"的碎片。而笑话则将这一碎片大白于天下。

第二个从属假设听起来如下：笑话的逻辑形式由推论谬误、不当推论、语义歧义的使用构成。例如，将从属于谓语的所有属性都归于语法的主语；以部分替换整体或以整体替换部分；在因果之间建立对称关系；将元语言表达视为语言对象。简而言之，在我看来，弗洛伊德所区分的笑话和亚里士多德在《辩谬篇》中所考察的谬误推理之间具有精确而细致的关系。在笑话中，推论谬误揭示了一种生产性，也就是说，它们被用于制造某物；它们是执行"困惑和启发"的言语行为的不可或缺机制（*MdS*, p. 37）。这里出现了一个微妙问题。事实上，如果笑话确实是创新行动的图表，那么我们不得不假定它的逻辑形式，即谬误，在改变生活方式的过程中发挥着重要作用。但是，将智人的创造力建立在谬误和错误之上，这难道不奇怪吗？当然如此，奇怪且糟糕。然而，如果相信有人愚蠢到支持这样的假设，那就太傻了。这里真正有趣的地方在于要了解在什么情况以及在什么条件下，谬误推理不再是……一种谬误推理；也就是说，它**不**被认为是不正确或错误的（请注意是在缜密的逻辑意义上）。显而易见，只有在这些情况和条件下，"谬误"才会成为创新行动不可或缺的资源。

# 第一部分　如何以言为新?

# 1. 从闯入的第三人称到公共领域

我并不打算讨论弗洛伊德关于笑话的观点，更不会批评它们。面对同一现象，我只想展示一种和弗洛伊德完全不同，但**同样**合理的解释。而这种替代性解释恰恰植根于弗洛伊德的某些观察中。

与必须被追踪和承认的幽默情境不同，弗洛伊德认为，笑话是被"制造"的（*MdS*, p. 203）。任何制造笑话之人都创造了一些新的东西：出人意料（甚至是作者）和无法避免的，笑话改变了在场人们之间的关系，导致了沟通的脱轨："你已经洗过澡了吗？"一人严肃地问肮脏的朋友。朋友平静地回答道："什么，有个澡盆不见了？"此外，幽默情境可以完全不依赖语言，或仅仅部分依赖语言，但笑话完全是口语化的。说笑者会创造一些新的东西；请注意，如果不言语，那么他就完全**无法**做到这一点。幽默的反驳之所以能改变最初的话语情境，是因为其所拥有的语义和修辞特权，在《诙谐及其与无意识的关系》的开头，弗洛伊德这样概括这些特权："不同事物的融合，矛盾的观念，'荒谬感'，困惑和启发的连续，揭示隐藏的东西，以及笑话独特的简洁。"(*ibid*., p. 38)

用言语创造一些新的东西：然而，这一普遍的特征并不足以让我们完全把握笑话的本质。就其本身而言，它并没有充分解释这样一种情况：那些巧妙隐喻的人也可以利用言语创造一些新东西。另外，在对笑话起作用的言语创造力的弗洛伊德式拼绘暗示了"笑话的运作"和"梦的运作"之间存在着某种相似性：事实上，梦境也是通过"不同事物的融合，再现的差异，'荒谬感'"来进行的。然而，当弗洛伊德强调——在多种情况和各种形形色色的语境中，就像任何自我遵从的**迭句**那样——所谓"第三人称"的抵消作用**只**发生在讲笑话的行为中时，甚至连他本人也证实笑话不同于其他形式的语言创造，尤其不同于梦的领域。这到底意味着什么？

弗洛伊德指出，第一人称是笑话的创造者，第二人称是笑话的对象或目标，第三人称则是笑话的最终观众，作为中立的观众，他们评价笑话，充分理解笑话，并从中获得乐趣。在幽默情境中，第三人称多余且可替代，但它是笑话的**必要**组成部分。让我们试着理解：第三人称不仅放大了笑话效果，实际上，这种"闯人"还使笑话成为可能。因为没有观众，笑话就无法存在。"没有人能满足于仅仅为自己创造一个笑话。"（*MdS*, p. 166）换句话说，一个**私**

**人或内部**的笑话是无法被理解的。然而，谈话者-受害者的存在并不足以缓解这种不满。弗洛伊德认为，任何局限在主客体关系中的笑话都是徒劳的。第三人称是笑话的逻辑条件："我"和"你"完全取决于第三人称。在没有观众的情况下，演员们不会准确知道他们所演的剧本是什么。任何通过说笑突然改变对话轨迹的人都无法笑出声，他们只有在第三人称证明笑话有趣性的基础上，通过反思，才能笑出声。根据弗洛伊德的说法，人们之所以无法直接享受笑话，有两个不同但又趋同的原因（鉴于对笑话的不同理解，请牢记这两个原因）。第一：笑话的生产者无法判断其所说的笑话是否达成目标、是否合理。笑话合理与否无法由说笑者决定（当然也无法由被讽刺的第二人称决定）。因此，公正的观众"具有笑话成功与否的决定权——好像自我在这方面并不确定自己的判断"（MdS，p. 167）。阻碍享受笑话的第二个原因在于："有偏见的"笑话，由攻击性或淫秽的内容构成，类似地，"天真的"笑话，它们像小孩子一样将言语当成事物来玩弄，这要求说笑者消耗大量的精力来消除各种"外部或内部的"抑制（ibid., p. 171）。对于说笑者而言，创造一些新的（和不允许的）东西所耗费的努力侵蚀并抵消了他最终的"快乐利润"。而第三人称，尽管有着与笑话的生产者一样的抑制，却可以享受到克服这些抑制的快乐，而无须耗费任何精力；因此，他能够尽情地笑出声。他的笑声没有任何束缚，因而实现了笑话的目标。

尽管弗洛伊德很注重第三人称,但他认为"第三人称"只承载了有限的功能,只表明了笑话**绝对**不能还原为梦的运作。"梦是一种完全以自我为中心的精神产物;梦无须他人交流……另外,在所有追求快乐的精神功能中,笑话是最具社会性的一种。它需要三个人的参与,并且笑话的完整性在于精神过程中他人的参与。"(*MdS*,p. 201)然而,在我看来,人们不能忽视观众对一个成功笑话的贡献。这一贡献,不仅打乱和否定了笑话和梦的等式,而且为我们提供了形成另外一种完全不同等式的机会:**笑话等于实践**。作为闯入者的第三人称并不存在于梦的领域,为了充分界定其重要性,我们还需要积极引入相关概念。"闯入者"是一个起点,而非剩余物。

在笑话中,第三人称的条件澄清了"以言为新"的含义。一种完全取决于外人在场的"行为",从完整且彻底的意义上来说,这一行为完全取决于**公共行动**(azione pubblica)。可以这么说,它就像联合国大会中反对制宪权的政治演讲:如果没有见证人,那么这个演讲就像没发生过一样。它要求将自身暴露于同侪的观察和判断中,这一固有的必然性精准地刻画出实践的领域。在这一领域内,任何动作和话语都不具有自主意义。这一领域将自身与另一个世界相区别,在另一个世界中,这些动作和话语都要在中立的观众面前**呈现**(请注意,向匿名的"他/她",而非作为动作和话语客体的"你")。制造一个隐喻无需观察者：两个人就足够了，说话的"我"和能理解这种创意表达的"你"。但是，突然说笑的人一定需要观察者，因为他在进行一项创新行动，并且这项行动的实际意义在很大程度上不取决于直接参与其中的人。**实践**只有通过"第三人称"才能被呈现，出于同样的原因，亚里士多德将第三人称与纯粹的知识（epistéme）和生产、制作（poíesis）区分开来（*EN*, Ⅵ, 1140 a24 - b6）。如果说理论反思避开了他人的注视，使表象世界沉默，那么与之相反，实践总是预设并试图恢复公共空间。如果说生产产生出一个独立的客体，或者如果说它有一个外在目的，那么实践则是一种不产生产品的活动，它的实行和它的结果完全一致。当行动被置于外在性和偶然性（与**纯粹的知识**相反）中，并缺乏证明其现实性的可持续产品（与**生产**相反）的时候，它只能再次将自身呈现给观众。它的存在和意义都取决于见证者的判断。

为了理解笑话中"第三人称"的战略重要性，没有比求助康德哲学更好的策略了。在伟大的事件中，如1789年的法国大革命，只有那些"没有沉迷其中"，只是以"近似热情的**同情**"密切关注它，因此体会着一种"不行动的愉悦"之人才能理解这一事件（kant 1798, pp. 218 sgg.）。观众的优点在于将行动的纵横交织视为一个整体，而演员（第一人称和第二人称）只能了解他们的那一部分。在关于康德《判断力批判》的讲座中，汉娜·阿伦特（Hannah Arendt）意识到，对于康德来说，观众是对抗实践的软弱性和神秘性的唯一途径。那些见证革命却没有参与其中的人意识到"他的所观所见才是最为关键的；他能够在事件展开的过程之中发现一种意义，一种被行动者所忽略的意义；他的无兴趣无利益、他的不参与、他的不卷入正是他的洞见之存在的基础"①。请记住，阻止以制造笑声为目的的笑话的生产者发笑有如下两个原因：一方面，生产者无法评估笑话的成功与否；另一方面，为克服现状的抵抗（即"抑制"）而付出的努力消耗了他的快乐。这两个原因同样适用于革命的倡导者，尽管是在完全不同的领域。这些革命者被剥夺了总体视阈并被精力的耗费所阻碍，他们只能在观众的帮助下通过反思来欣赏他们的英勇事迹。"由此，对于行动者来说，决定性的问题是他如何在他者面前表现；行动者仰赖旁观者的意见；（用康德的话说）行动者不是自律的；他不是依据与生俱来的理性之声而是依据旁观者对他的期待来引导自己。旁观者是他的基准。"②人们总是对笑话以及康德和阿伦特讨论的政治实践存在一种误解，即淡化甚至在某些时刻完全消除第二人称和第三人称之间的区别。通过这种方式，我们将满足于重复一些显而

---

① ［美］汉娜·阿伦特：《康德政治哲学讲稿》，曹明、苏婉儿译，上海：上海人民出版社，2013年，第82—83页。——译者注
② ［美］汉娜·阿伦特：《康德政治哲学讲稿》，曹明、苏婉儿译，上海：上海人民出版社，2013年，第84页。——译者注

易见的确定性:不存在私人语言——也不存在私人实践的可能性;人的思想从根本上来说是社会的;等等。但这里我们忽视了最重要的一点:对于爱的对话或科学交流来说,第二人称就足够了,而对于笑话或革命来说,则必然要求中立的观众的存在,这两者之间存在明显区别。在某些笑话中(我们可以想一下不针对特定对话者的"文字游戏"),可能缺少第二人称,即"你";在所有的笑话中,我们都无法找到第三人称,即不参与和做评判的"他/她"。将第三人称还原为第二人称,或者将两者等同起来的做法,不仅会导致对**实践**的具体状况的误解,而且还会妨碍对笑话的理解。阿伦特写道:"我们……倾向于认为,要对一个景象/一场演出做出判断,首先得有一场演出——演员/行动者是首要的,而旁观者是次要的;但是我们往往忘记了,没有哪个心智正常的人会在无法确定是否有旁观者观看时还会上演一场演出。"① 这种糟糕的倾向影响了今天的心灵哲学。

"第三人称"赋予笑话和**公共行动**以可转换性。此外,我们知道这与**语言行动**相关。诚然,诙谐话语与奥斯汀②研究的述行话语之间也存在一些类似("我为卢卡受洗""我宣布会议开始"等)。在诙谐话语和述行话语中:1)一

---

① [美]汉娜·阿伦特:《康德政治哲学讲稿》,曹明、苏婉儿译,上海:上海人民出版社,2013年,第92页。——译者注
② J. L. 奥斯汀,英国分析哲学家。——译者注

种行动只能通过言语，无法以其他方式实行；2) 将被完成的**行为**还原为所言短语的"思想内容"的尝试是徒劳的；3) 这些短语本身就构成一个行动，它既非真也非假——而是成功或不成功（用奥斯汀的话来说，幸运或不幸）。但是，即使我们选择忽略它们明显的形式异质性，但事实仍然是，述行话语因其刻板和重复的特征而明显不同于笑话。由于述行话语涉及半法律和习俗惯例（命令、宽恕、承诺等），因此同样的话语可以适用于所有类似的场合。与之相反，笑话会引起困惑和惊奇，正因如此，它无法被重复："笑话的本质在于使某人感到惊讶或出其不意，这意味着你只能实施一次，第二次就无法成功了。"（$MdS$，p. 177）超出公共领域和语言领域之外，笑话完成了一项创新行动。事实上，正如我们将看到的那样，正是这种行动以一种具体化的方式展示了最多样化的**创新行动**所使用的程序和技能。当磁暴发生，旧的指南针失灵时，笑话清晰地概述了人类实践在危机关头所求助的技术：以一种明智的方式使用不合理和荒谬的推理；不同想法的不恰当关联；求助于语义矛盾以走小路；不同腔调基础上心理重音的转换等。

## 2. 笑话和实践哲学

"第三人称"在笑话与实践之间架起了一座桥梁。如果此桥梁成立,则有必要将笑话作为一个整体来运用——从"第一人称"生产笑话开始——许多概念与实践密切相关。我们可以将亚里士多德《尼各马可伦理学》中的一些关键词与弗洛伊德研究的语言行为做个对比:a) **实践智慧**(**phrónesis**,这是一个棘手的词,大部分译者将其翻译为华而不实的"智慧"),或实践的技术诀窍;b) **真正的逻各斯**(**orthós logos**),阐述正确规范的话语,而这一规范是个案中行动的依据;c) **时机**(**kairós**),对采取行动的恰当时机的感知;d) **普遍认可的意见**(**éndoxa**),在言语者的共同体中间或流行的观点。

a) 一个成功的笑话向我们证明了,说笑者具有一种难以归类的天赋或能力。正如弗洛伊德本人所指出的,幽默并不源自严格的认知能力,如推理能力、记忆力、想象力(参见 *MdS*,p. 162)。一个结果与过程完全一致的公共行动,需要亚里士多德称之为实践智慧的那种洞察力。**实践智慧**是在特定情况下随机应变的能力。与其他实践美德(勇敢、公平等)不同,它并不限制于依据给定的规范行事,而是在具体情境中选择适合的规范。

**审慎者**和说笑者都必须面对的特殊情境总是具有高度的不确定性:以至于亚里士多德指出它"是感觉而不是科学的对象"①。但是"如果要测度的事物是不确定的,测度的尺度也就是不确定的"② (*tou gar aoristou aóristos kai kanón estin*)。因此,对于**审慎者**和说笑者来说,规则的应用与规则的识别是同一件事。让我们想象一场战争:勇敢的美德会促使士兵英勇地战斗;但是**实践智慧**"关系到人的善恶的判别",在一个特定的情境中,士兵首先要确定他们要遵循的准则是勇气还是节制,还是不情愿地服从不公正的命令,抑或是其他一些准则。以同样的方式,让我们来思考一个弗洛伊德喜爱的幽默故事。一位捉襟见肘的绅士向朋友借了一笔钱。第二天,他的债主在餐厅看见他正在吃蛋黄酱三文鱼,债主气愤地责备他:"你借我的钱就是为了**这个**?""我不明白,"绅士如此回应债主的指责,"如果我没钱,那么我就**没法**吃蛋黄酱三文鱼,如果我有钱,我**不应该**吃蛋黄酱三文鱼。那么我何时该吃蛋黄酱三文鱼

---

① [古希腊]亚里士多德:《尼各马可伦理学》,廖申白译注,北京:商务印书馆,2003年,第179页。——译者注
② [古希腊]亚里士多德:《尼各马可伦理学》,廖申白译注,北京:商务印书馆,2003年,第161页。——译者注

呢?"(*MdS*, pp. 73-74)。贫穷的美食家的回答，被赋予了"明显的逻辑推论的形式"(*ibid.*, p. 74)，它成功地实现了"心理重音的转换"。也就是说，在特定情境中，一个（幸福的）规范的应用/设立取代了对话者不假思索利用的（禁欲主义的）规范。当**测定的尺度**只不过是**实践智慧**的运用时，这种转变总是可能的。因此，这一笑话的幽默之处在于，它突出了决定性的美德（节俭）和判断哪种美德更适合一个独特且不可重复的事件的洞察力之间的差异。

在"法律之所以没有对所有的事情都做出规定，就是因为有些事情不可能由法律来规定，还要靠判决来决定"[1]的情况下，**实践智慧**具有其真实的试验场。与法律（**nómos**）不同，法令（**pséphisma**）与有限时间中发生的有限事件相关。亚里士多德将**法令**比作莱斯比亚的建筑师使用的"铅尺"："是要依其形状来测度一块石头一样，一个具体的案例也是要依照具体的情状来判决。"[2] 规则对特定情况的适应性，测量工具对石头形状的适应性：这是敏锐之人和说笑者所依赖的资源。只有在法令的边界中，该规范的应用才与该规范的设立毫无保留地一致：它的应用在于本身的设立，它的设立在于本身的应用。只有在法令中，"中庸正义"（对中道来说，是适合特定情况的行为），而非

---

[1] ［古希腊］亚里士多德:《尼各马可伦理学》，廖申白译注，北京：商务印书馆，2003年，第161页。——译者注
[2] ［古希腊］亚里士多德:《尼各马可伦理学》，廖申白译注，北京：商务印书馆，2003年，第161页。——译者注

对极端情况（过度和不足）的预设，才实际上创造了它们或使它们的定义成为可能。每一个好笑的笑话都或多或少地具有一些**法令**的特征。一个碰巧遇到罗斯柴尔德的人，如此回复他想要了解这位大亨的朋友："他视我为与他平等的人——**相当地友好**（famillionairely）。"（*MdS*，p. 41）就如同法令一般，"友好"一词既是规则又是规则的应用：一把测量自身的白金尺。

b）亚里士多德写道，**实践智慧**是"合乎逻各斯的"①。究竟是什么构成了**真理**，即实践智慧依赖的**逻各斯**的正确性？我们已经知道：当且仅当话语阐明了适用于特定情况的规范时，它才是清晰的。但是，如何能保证作为**实践智慧**基石的"正确话语"是正确的呢？亚里士多德回答说，只有**实践智慧**自身。任何看过《尼各马可伦理学》的人都知道，在**实践智慧**和**真正的逻各斯**之间存在循环论证，因为这两个概念相互说明并相互支持。只有阐明适当的规范，洞见才能存在。但是，只有洞见存在，才会有适当的规范。这种循环是**法令**的心理等价物，它总是被那些通过说话来进行行动之人重新体验：在这两种情况下，测度单位恰恰是由它所测度的东西来测度。我们可以这样说：**实践智慧和真正的逻各斯**之间的相互依赖表明，法令（其中无法区分规则的应用和设定）不是一个模糊的极端案例，而是人

---

① ［古希腊］亚里士多德:《尼各马可伦理学》，廖申白译注，北京：商务印书馆，2003年，第173页。——译者注

类实践的基本形式。

笑话是一种只能用言语来完成的公共行动。它是**实践智慧**和实践精明的特殊运用,现在让我们来问问自己,"正确的话语"在其中扮演什么样的角色?在笑话中,**真正的逻各斯**并不局限于启发或指导创新行动,而是创新行动本身不可或缺的一部分。换句话说:笑话经常——间接地和狡猾地,以至于"困惑和启发"——通过阐明其行动所适用的规范来完成一项行动。例如:一位艺术评论家在看了两个**有钱无赖**的油画肖像后,指着画布之间的空白处问道:"救世主在哪里呢?"(*MdS*, p. 98)成功的笑话是**真正的逻各斯**。但是,请注意,**真正的逻各斯**的元操作特征(如何行动)完全被操作层面(即正在进行的语言行动的具体特征)所吸收。此外,作为一种**真正的逻各斯**,笑话能够带给人们**快乐**。我们不能忽视**真正的逻各斯**的这一层面,但这也带来了一个有趣的问题。对于亚里士多德来说,快乐/痛苦这一对范畴决定了非语言动物的行为;因此,追求快乐本身并不依赖于"正确的话语"。**真正的逻各斯**所涉及的,首先是利/弊和公正/不公正这两对范畴(参见 *Pol.*, 1253 a12 - 15)。那么,在笑话中究竟发生了什么?语言原则使得我们能够区分善的生活和恶的生活,但在笑话中,语言原则成为有趣实验的原材料和工具。我们戏弄了**真正的逻各斯**。实际上,在人类动物的实践中,言语推理最终也调控了对快乐的追求(参见 Lo Piparo 2003, pp. 19 -

20)。但是笑话为我们提供了一个有趣的反常现象：在笑话中，**真正的逻各斯**是快乐的**直接对象**，而非支配原则。

c) 一般的**实践智慧**和特殊的令人惊奇的笑话生产，都需要敏锐的目光和快速反应。敏锐的目光：实践的精明不同于单一美德，后者始终与特定情境绑定，而前者则能够精准衡量和评估最多样化的情境。快速反应：公共领域中的行动者必须抓住恰当的时机（**kairós**）以采取下一步行动。笑话必须在正确的时机讲述，否则便会失败："国王在巡视领土时，注意到人群中一人十分高贵显赫，与自己很相似。国王示意他过来，问道：'你母亲曾在宫里工作吗？''不，'男人回答道，'在宫里工作的是我父亲'。"（*MdS*, p. 92）前一分钟还太早，后一分钟就太晚了。在语言情节中，**审慎**的说笑者能够从保持笑话融汇的言语情节中识别出间或插入的时间螺旋，从而使得笑话得以在恰当的时候说出。说笑者不会让它溜走。"一位面包师对一位手指溃烂的旅店老板说：'你一定是把你的手指泡在啤酒里了。''不是的，'旅店老板答道，'我把你的面包放在了我的指甲下'。"（*MdS*, p. 92）把握**时机**，恰当的时机，是幽默话语有效，甚至简单、合理（也就是说，可以被理解）的条件。创新行动是一种紧急行动，它是在不可重复的环境压力中完成的。任何完成行动的人总是处于紧急状态。

弗洛伊德写道："我们谈论……'制造'笑话，但当我们说笑时，我们意识到我们的行为不同于作出判断或提出反对。笑话总是'不自觉地'向我们呈现,这是笑话的一大显著特征。"(*ibid.*, p. 189)确实,人们以不同的方式行事;但是,此解释的基础在于,只有笑话的发明者,而非做出判断或提出异议者,才完成了一项**公共行动**(其结果被委托给"第三人称")。弗洛伊德指出的区别,粗略地说,是**实践**与**纯粹的知识**的区别。然而,为什么笑话将自身呈现为"一个不自觉的'想法'"?这仍有待探究。这里必须涉及梦的运作吗?我不认为如此。识别和利用**时机**需要快速反应。没有这必需的敏捷,创新行动便会失败,笑话也会沦为一种令人费解和非理性的声音。因此,出现了"笑话的典故",我"无法在我的思想中遵循这些准备阶段"(*ibid.*, p. 190)。面对危机情境,**实践智慧**表现为一种**半本能的反应**。笑话也是如此。后面我们会再次谈及这种半本能反应(第四章)。现在只要观察到这一反应正再次,并理应如此,进入实践领域就足够了,鉴于它与对**时机**的鉴别和符合例外状态的行为发展相吻合。让我们再次引用弗洛伊德:"不是说,我们已经提前知道将要被讲述的笑话,接下来所要做的事情不过是用文字修饰它。"(*MdS*, p. 189)的确如此。但这种观察不仅对笑话有效;严格来说,**从来不会碰巧有一个已经构思好的、等待文字修饰的想法**。正是因为笑话被抓住正确时机的必要性所推动,所以它才能极度准确地展现真理:人类思想的整体**言语**特征。当思考-言说的过程在执行一项创新行动,一项为了达标、必须**即刻**

发生的行动的时候,我们用言语思考的事实才会显现出来(只有在说出来之后,我才会知道我在想什么)。

　　d)类似于**实践智慧**和以说服为目的的修辞话语,笑话同样以**普遍认可的意见**为背景,即一个共同体共享的观点和信仰。**普遍认可的意见**并非事实,而是语言习惯。更准确地说:作为根深蒂固的语言习惯,它们是所有推论的内在前提。用维特根斯坦的话来说,**普遍认可的意见**(或至少它们的核心,是由几乎无可置疑的集体信念构成)是生活形式的**语法**。这些共享的信仰涉及"人人都能认识的事理,而且都不属于任何一种科学"①。笑话充分利用了**普遍认可的意见**:然而笑话的目的却在于从内部腐蚀它们,它的荣光便在于揭示话语和行动背后的观点的可置疑性。为了达到目标,笑话将单一的信仰推向极限,以至于从中得出怪诞和荒谬的结果。再或者,笑话恶意对比两个基本原则,然而如果单独考量,那么每个原则都是无可争议的。笑话是一种修辞三段论,它驳斥了作为前提的**普遍认可的意见**。更棒的是:它展示了生活形式的语法是如何被改变的。

　　在笑话中,**普遍认可的意见**是要被克服的"抑制"。让我们再次回忆一下弗洛伊德提出的假设:笑话的生产者无法发笑(除非在"第三人称"笑出声后),因为为了突破强大的禁制,他们付出了巨大的精力作为代价。这些禁制就

---

①　[古希腊]亚里士多德:《修辞学》,罗念生译,北京:生活·读书·新知三联书店,1991年,第21页。——译者注

是构成社会交往背景的原则和信仰显示自身的特殊方式。它们就是**普遍认可的意见**。根据弗洛伊德的说法，抑制-**普遍认可的意见**，在很大程度上涉及对社会等级的敬意和性礼节的尊敬。但它们也涉及语言能力的使用：事实上，像婴孩一样使用谐音和头韵来获得话语不恰当和令人惊讶的语义连接的倾向是被禁止的。只有当说笑者试图克服的抑制也源自被动的观众时，笑话才有效果。否则，"第三人称"无法从克服抑制中获得乐趣。"在同一个笑话中发笑表明了一种意义深远的心理一致性。"（*MdS*，p. 174）这种一致性会进一步被**普遍认可的意见**所确认：尽管以一种纯粹负面的方式，不过，作为批评的目标和反驳的对象，**普遍认可的意见**从未停止过联合说话者。除了抑制不谈，还存在其他一些将说笑者与听众连接的语言习惯：刻板印象、谚语、规则、惯用语、传说。幽默的行动利用了它们的恶名，却是为了打破并翻转它们的意义。一位记者如此评论一位愚蠢部长的辞职："像辛辛那特斯（Cincinnato）一样，他回到了在耕犁前的位置。"以及，一位非常内向的绅士，在被一个任性的"话匣子"骚扰一段时间后，如此描述这一状况："我与一头野兽（tête-à-bête）一起前行。"（*ibid.*，p. 49）

有说服力的话语"从普遍接受的观点开始推论"（*Top.*，100 a 30）。如前所述，笑话扰乱并搁置了其最初采取的**普遍认可的意见**形式；或者，至少，笑话从**普遍认可的意见**中得出了非常怪异的结论，而这结论像锤子一样转而砸向笑话的前提。此外，有说服力的话语和笑话也具有相似性，因为它们都具有内在的**简洁性**。众所周知，修辞三段论是一种省略式三段论，它在构成上是不完整的，因为它省略了一个前提甚至结论：然而简洁并非缺陷，它使我们能够"利用未言之语，让对话者一起分担思考的职责"（Piazza 2000，p. 146）。笑话在某种程度上也是如此，不过它的目的是与"第三人称"（而不是与直接对话者）分担驳斥**普遍认可的意见**的严肃职责。但是我们必须在笑话的具体简洁性上增添一些东西。

弗洛伊德赞许地引用了西奥多·利普斯①（Theodor Lipps）的一段话："笑话不是用较少的词，而总是用太少的词，来表达想要说的东西——从严格逻辑上或正常思考和说话的方式来看，笑话在言语上是不全面的。"（*MdS*，p. 38）弗洛伊德认为，笑话的作者为了享受某些精力的"节省"，更喜欢压缩表达，不过，连弗洛伊德自己也承认这一解释并不能站得住脚：选择正确的词（例如在上文提到的关于罗斯柴尔德的笑话中，所用的副词"famillionairely"），这一词语本身能够将两种冲突的想法结合起来，这意味着说笑者至少要付出与完整的推理过程一样多的努力。笑话的技巧所节省的精力，"也许，让我们想起某些家庭主妇的节俭，她们浪费时间和金钱去一个蔬菜价格只便宜一点点

---

① 西奥多·利普斯，德国心理学家、哲学家。——译者注

的偏僻市场"(*ibid.*, p. 68)。抛弃"节省"假设后,让我们问问自己,我们为什么会认为笑话本身是简洁的?即使在这个笑话拥有诸多细节,无所不包的情况下?在我看来,这一想法与诙谐行动的创新特征密切相关;或者与这样一个事实密切相关,即该想法突然脱离了主导的**普遍认可的意见**,并且通过**时机**颁布的法令,而使得另一**普遍认可的意见**得以被瞥见。正是因为与"共同的思维和说话方式"背道而驰,所以笑话使用的单词**总是**很少。笑话开辟了一条关联不同语义内容的倾斜路径,将先前无关的内容连接起来:这一路径,即创造性推论,之所以看起来很短,不是因为还存在一条更长的可供选择的道路,而是因为它此前并不存在(也没有被预见过)。任何改变生活形式语法的语言行为必定是简洁的:但是这里我们说的是**绝对的简洁**,而非相对的。

人类实践栖息于特定环境中。因此,它关注"可变的事物"① (to endechómenon âllos échein)。作为创新行动的图表,笑话并不只局限于特定情境中的实际运作,恰恰相反,它明确关注所有情境的偶然性(以及规定如何应对这些情境的同一**普遍认可的意见**)。换句话说:笑话清楚地表明,"可变的事物"将会呈现为何种面貌,**如果那个事物真的是多变的话**。

---

① [古希腊]亚里士多德:《尼各马可伦理学》,廖申白译注,北京:商务印书馆,2003年,第174页。——译者注

# 第二部分 决断、规范和常态

## 3. 漏水的壶：论规则应用的困难性

　　一场不起眼的生活形式转化实验就发生在不同的，甚至是矛盾的方式中，正是凭借这些方式，规则得以被应用于特定情况。人类动物的"创造力"无非是对这一应用导致的困境的回应。笑话之所以能展现创新赖以生存的普遍逻辑语言资源，是因为它被置于区分规范与其特定实现的无人区。笑话是这片无人区中喋喋不休的卫兵：它总是一次又一次地展示，它自身的道路是如何被突然的转折所折磨和支配的。

　　如何将规则应用于特定案例？在亚里士多德的《尼各马可伦理学》、康德的《判断力批判》、维特根斯坦的《哲学研究》中，问题又以类似的形式再次出现了。我们刚刚看到，对于亚里士多德而言，实践的技术诀窍，其任务是根据特定环境选择最适合的美德-规则。因此，规范的应用与规范的识别（或法令中规范的设立）没有什么太大区别。也可以这样说：应用规则所必需的技能，与使我们感知在当前情况下采用哪条规则最好的技能，两者是**同一**的。

这种双重技能就是**实践智慧**。在我看来，在为我的论证开辟了一些新路径后，**实践智慧**的两栖特征似乎支持了我应该更进一步努力捍卫的论点。这听起来有点像这样：将规范应用于特定情境总是意味着我们会暂时回到规范的**这一边**。反之亦然：真正回到规范这一边的唯一方法是**将其应用**于特定情境。至于康德，只要回忆一下他对原则的一条阐释就足够了。康德指出，没有一条规则能同时创造出包含该规则所有特定案例的必要和充分条件（Kant 1790，p. 20；参见 Garroni 1978，pp. 72－95）。也就是说：任何规范都不能表明其具体实现的方式。至于维特根斯坦，接下来的几页将会展开详细讨论。在《哲学研究》中，维特根斯坦讨论了何为"遵循规则"，这为我们提供了阐明笑话结构，**甚至**创新行动结构的出发点。

"我说过，一个词的应用并不是处处都由规则限定的。"[①] 维特根斯坦的这一主张无疑意味着，语言游戏的某些方面是完全不受监管的（就像在网球比赛中，并没有规定在发球时必须将球掷出多高一样）。但这也意味着，更根本的是，游戏的某一运动，永远无法从该运动，也就是该规则的运用中推导出来。规则应用时刻的独立性（或非限制性）彻底浮现于相应规则的在场，而非规则的缺失之处。

---

① ［英］维特根斯坦：《哲学研究》，陈嘉映译，上海：上海人民出版社，2001年，第59页。——译者注

规范与其实际实现之间存在持久的间断,实际上是一种真正的**不可通约性**。可以这么说,同样的不可通约性区分了圆周长度与其直径之间的比值。众所周知,这个比值的计算没有结果,以省略号结尾,代表"等等"(希腊语以 pi 表示:3.14159……)。这也适用于我们的情况。事实上,在上述主张的后面,维特根斯坦就表明,发明一个"决定规则应用"的规则的主张是多么无定论;显然易见,在轮到自身的应用时,第二个规则必然再次求助于第三个规则(表明如何应用决定规则应用的规则);如此继续下去,没有尽头,这正是回归无限的典型特征。

在《哲学研究》的第 85 节中,维特根斯坦指出,在特定困难情境中,规范与其实现之间存在着逻辑断裂:"一条规则立在那里,就像一个路标。——路标不容我怀疑我该走的是哪条路吗?它是否指示出我走过路标之后该往哪个方向走,是沿着大路还是小径,抑或越野而行?但哪里又写着我应该在什么意义上跟从路标——是沿着箭头方向还是(例如)沿着箭头的反方向?——但若不是一个路标,而是一串互相衔接的路标,或者地上用粉笔做的记号(**也就是说,如果规则被疯狂增加以保证一个无歧义的应用**),难道它们只有**一种解释**吗?"[①] 这里体现的路标的不确定性是**所有**笑话的支点。在每一个笑话的背后,都隐含着一个

---

① [英]维特根斯坦:《哲学研究》,陈嘉映译,上海:上海人民出版社,2001 年,第 60 页。较原文有改动。——译者注

问题，维特根斯坦概括道："但一条规则怎么能告诉我在**这个地方**必须做的是什么呢？"① 每个笑话都以自己的方式关注规范应用时出现的多种选择。与其"沿着道路继续前进"，不如"走小径，或越野而行"。但是走小径或越野而行，就意味着完成一项创新行动：人类的"创造力"恰恰存在于并只存在于这一应用时刻的偏离中。

双重含义、矛盾、对同一材料的多重使用、基于谐音的文字游戏、古怪推理带来的语义变换：大量列出弗洛伊德曾研究过的笑话所使用的不同技巧，就足以说明它们中的每一个，无一例外，都突显了规则与应用之间的悖论和固有的矛盾。下面这一**笑话**，可以视作《哲学研究》第85节的对照（只需将路标替换为"你必须为你的错误辩护"这一规则）："A 向 B 借了一个铜壶。当他归还后却被 B 起诉，因为壶破一个大洞，无法使用。A 是这样为自己辩护的，'首先，我根本没有向 B 借过水壶；第二，B 给我的时候，壶已经破了一个洞；第三，我把壶原封不动地归还了'。"（*MdS*, p. 86）我再重复一遍，弗洛伊德收集的所有笑话，都遵循这一规则。让我们来看一个恶语诋毁的双重含义："X 先生和太太生活得相当奢侈；一些人认为丈夫一定赚了很多钱，因而可以进行一些储蓄；另一些人则认为因为太太有靠山，所以她能够赚许多钱。"（*ibid*., p. 57）

---

① ［英］维特根斯坦：《哲学研究》，陈嘉映译，上海：上海人民出版社，2001年，第121页。——译者注

这一笑话可以被视作维特根斯坦的"一个词的应用并不是处处都由规则限定的"① 这一原则的恰当例子。为了避免误解，最好现在就说明，幽默不仅是规则的古怪（尽管是合法的）应用。除此之外，它还是一种**关系**的集中展示，由于规范领域和行动领域、**法权问题**（quaestio juris）和**事实问题**（quaestio facti）之间的不可通约性，这一关系总是充满问题的。可以这么说：笑话是规则的具体应用，但是它凸显了规则与应用之间的构成性差异。但是这一结论仍然不够。我们很快就会看到，作为创新行动的图表，笑话以一种不同寻常的方式应用规则，因为——在规则运用过程中，为了应用它——它会暂时求助于**先于**规则和制定规则的洞察力或方向感。

在说话的实际经验中，路标是**作为符号系统**的语言，面对这些符号，人们可以以不同的方式行事，这实际上与语言的**话语世界**息息相关（即"将语言付诸行动的说话者的活动"，Benveniste 1967，p. 256）。本维尼斯特② 在其构成 20 世纪语言学分水岭的文章中区分了**符号**平面（符号）和**语义**平面（话语），在许多方面这一区分也对应于规范平面和应用平面。符号系统"存在于自身中；它确立了语言的现实，但不涉及特殊的应用；相反，作为语义的表达，

---

① [英]维特根斯坦：《哲学研究》，陈嘉映译，上海：上海人民出版社，2001 年，第 59 页。——译者注
② 埃米尔·本维尼斯特，法国著名的语言学家，著有《普遍语言学问题》等。——译者注

句子**只是**特殊的"(*ibid.*)。句子并非一个"通常事件",而是一个独特的、"转瞬即逝的"事件:在句子中,"每个词只保留了它作为符号所具有的价值的一小部分"(*ibid.*, p. 260)。从符号的角度来看,特定情况并不重要;从语义的角度来看,它们反而是产生意义的决定性因素。总而言之,最为重要的是"从符号到句子,这中间并不存在一个过渡[……],它们被一个间断隔开"(Benveniste 1969, p. 82)。这一间断总是存在于路标和它引起的后续行动之间。本维尼斯特详细阐述了从符号的**意思**推断出话语**意义**的不可能性,在各个方面,这都等同于从某个规则推导出它在特定场合的应用的不可能性。笑话是一种话语——特殊的、独特的、转瞬即逝的——它估算了符号系统和话语世界之间的差异。笑话的幽默效果正是源自它在两大平面的来来去去:在一个句子中,我们可以看到同一词法实体规则的多样性,这取决于它被解释为一种符号还是话语的一部分。("最近怎么样?"盲人问跛子,"如你所见",后者如此回答。)本维尼斯特写道:"语言的特权在于,它可以同时暗示符号意义和话语意义。创造第二层次的话语是它最大力量之所在,在第二层次的话语中,关于意义的有意义的话语成为可能。"(Benveniste 1969, p. 81)因此,笑话是关于意义的有意义话语的一个特殊案例。笑话之所以是特殊的,有两个原因。首先,因为它的元语言内容有助于进行公共行动:"话语的第二层次"在这里具有直接的述行价值。其次，笑话是关于意义**危机**的有意义话语，因为它明目张胆地强调应用相对于规范的独立性，这也是语义和符号之间不可逾越的距离。

## 4. "共同的人类行为方式"和例外状态

让我们回到维特根斯坦。"我们刚才的悖论是这样的：一条规则不能确定任何行动方式，因为我们可以使任何一种行动方式和这条规则相符合。刚才的回答是：要是可以使任何行动和规则相符合，那么也就可以使它和规则相矛盾。于是无所谓符合也无所谓矛盾。"① 特定的行为既不符合规则，但同时也不违反规则，因为两者之间不存在接触点，也不存在一个共同的测量单位。可以这么说，这里不存在任何逻辑摩擦。规范的应用由一项**决断**（decisione）构成；决断与规范不同，它是一个不能被视为规范的事件。在规范和决断之间，一种消极的关系在起作用。决断（源自"caedere"，意思为切断）实际上指的是**截断**回归无限的过程，在这一过程中，任何将相关规则的应用建立在另一规则结构上的企图，都会失败。本质上，人类动物的自然

---

① ［英］维特根斯坦：《哲学研究》，陈嘉映译，上海：上海人民出版社，2001年，第123页。——译者注

历史以两种根植于口头语言的现象为标志：回归无限，其表象根据所处的环境而变化；中断这种回归的可能性，这种可能性正在以不同形式和技术蔓延扩展。决断是**实践**阻止规范固有的回归无限的非常具体方式；正是这一资源允许那些在公共领域行动、互相对立的人使用由规则和应用之间的不可通约而产生的决断性的"够了，就这样"和"等等等等"。笑话为我们提供了资源-决断如何运作的第一手信息。

维特根斯坦认为，"遵守规则"是一种集体习惯：在街头指示牌前，我以某种方式行事，而非其他通过训练和重复实现的"既定用法"。但是，如果这一切都取决于习惯和训练，那么决断又是由什么构成的？"应用＝决断"的等式难道不与专断的维特根斯坦式断言"遵从一条规则类似于服从一道命令"[1] 相冲突吗？回答这些问题的困难性源自对"决断"一词的错误理解。出于某种原因，这一术语被一种贵族的光环笼罩，以至于被认为，如此，"截断"（或"切断"）是为那些在孤独中行使神话般的自由意志之人保留的活动。没有比这更错误的误解了。对于一个现存物种来说，如果其运行规则（无论是先天的还是后天的）本身并不包含任何名副其实的应用标准，那么"截断"（或"切除"）意味着一种晦涩的**生物必要性**。灵长类动物必须处

---

[1] ［英］维特根斯坦：《哲学研究》，陈嘉映译，上海：上海人民出版社，2001年，第124页。——译者注

理（这里盖伦并没有说错）过多的无法转化为明晰行为的冲动，因此决断是灵长类动物的一个不起眼的标志。一旦回到字面意思，我们就容易发现"决断"这一词并非指向一种不和谐，而是与"习惯""重复""服从命令"相一致。当必须按照规则行事时，习惯、重复、服从都是**截断**经验不确定性的措施；它们都是**切断**规范与其特定实现之间虚构联系的措施；都是**决断**的措施。

应用性的决断有时包括用不寻常的行为或令人惊讶的偏移来反抗规则。然而，即使在这些情况下，决断也并不意味着自由意志的炫耀，以及如同鸟巢中隐藏的蛋一样，深藏的"意图"的显露。以奇怪和意想不到的方式遵循规则，甚至无视规则，仍然是一种公共实践：任何事情都无法单独、**私下**实现（参见 Wittgenstein 1953，§ 202）。确切而言，当一种生活形式崩溃或破裂，例如**危机**发生时，占据主导的是公共实践。事实上，正是在这一时刻，规范的应用再一次以最清晰的方式显示了它**内含的**（即原始的和不可避免的）问题本质（即将在第 7 章中讨论）。在路标前，你不会不假思索地笔直前进，而是会感到困惑，甚至会转向一条岔路。但是，正是这令人不安的选择（笑话完美体现了这一点）揭示出，即使是不假思索地沿着道路前进，无论出于什么目的，也只是**一个决断**。

评注：维特根斯坦和施密特

维特根斯坦对规则在特定情况中的应用这一陈腐奥秘

的观察，在许多关键方面与伟大的法律决策思想相吻合。在这里，我只能做一些简短的说明，但是要提醒大家，这个问题值得被单独讨论。在被誉为引起20世纪法哲学地震的《政治的神学》一书中，卡尔·施密特①（Carl Schmitt）对汉斯·凯尔森（Hans Kelsen）②的观点进行了无情的抨击，施密特认为"规范之合法性的基础只能是规范［预先的或额外的，不管与所讨论的规范多么不同］"③。只有在完全缺乏法律和人类学现实主义的情况下，才有必要相信一项规则运行的"有效性"源自另一项能够对前一项规则做出正确解释的规则。在这里我们所面临的问题，就是当维特根斯坦宣称"一个词的应用并不是处处都由规则限定的"④时所提出的问题。毕竟，维特根斯坦本人也嘲讽了对**解释**权的"凯尔森式"信心。在《哲学研究》第201节中，维特根斯坦写道，解释只是"用规则的一种表达式来替换另一种表达式"⑤，这导致了一种错误的运动："我们依照这条思路提出一个接一个解释，这就已经表明这里的理解有误；就仿佛每一个解释让我们至少满意了一会儿，

---

① 卡尔·施密特，德国著名法学家、哲学家、政治学家，著有《政治的神学》《政治的概念》等。——译者注
② 汉斯·凯尔森，奥地利法学家，法律实证主义代表人物，倡导纯粹法学理论。——译者注
③ ［德］卡尔·施密特：《政治的神学》，刘宗坤、吴增定等译，上海：上海人民出版社，2015年，第35页。——译者注
④ ［英］维特根斯坦：《哲学研究》，陈嘉映译，上海：上海人民出版社，2001年，第59页。——译者注
⑤ ［英］维特根斯坦：《哲学研究》，陈嘉映译，上海：上海人民出版社，2001年，第123页。——译者注

可不久我们又想到了它后面跟着的另一个解释。"① 这与施密特的讽刺思考形成对应:当一个人追寻规范的精确应用时,解释学幻觉就会立刻消失,或至少"只存在于一个短暂的时期,在此一时期它能回答'要耶稣还是要巴拉巴?'这个问题,并建议中止或指定一种研究"②。

在施密特看来,凯尔森(以及所有将国家简化为单纯"立法"的做法)的错误在于厚颜无耻地忽视了"法律实现的独立性问题"。规范的应用忽视了规范本身,它需要**一个决断**。在"法理内容"与其实际执行之间,存在着长期的不协调(有时是公开的矛盾):"从内容上看,每一种具体的法律决断均有其所忽略的因素,因为从根本上讲,法理推理无法回溯到自己的前提,又因为那种需要决断的情况始终是一种中立的规定性因素。"③ 从规则的角度来看,应用"一个决断所具有的具体的建构性因素是一种新的外来的东西。若以规范性的眼光看,决断产生于无"④。然而,似乎只有对于那些将规范内容绝对优先的人来说,产生决断的"无"才表现为无:承认应用时刻的自主性就足

---

① [英]维特根斯坦:《哲学研究》,陈嘉映译,上海:上海人民出版社,2001年,第123页。——译者注
② [德]卡尔·施密特:《政治的神学》,刘宗坤、吴增定等译,上海:上海人民出版社,2015年,第70页。——译者注
③ [德]卡尔·施密特:《政治的神学》,刘宗坤、吴增定等译,上海:上海人民出版社,2015年,第45页。——译者注
④ [德]卡尔·施密特:《政治的神学》,刘宗坤、吴增定等译,上海:上海人民出版社,2015年,第46页。据原文有改动。——译者注

以让我们意识到,在所谓的"无"中充满了行动和实践,这些行动和实践是如此的基本,以至于可以表征我们物种的生命。我们很快就会看到,施密特和维特根斯坦都将决断置于规范真空中,然而这同时也是一种人类学的完满。

施密特认为,规则的不恰当实现可以揭示出它的惯常实现。即使是最奇怪和最违法的应用性决断也有其无可置疑的"法律效力",这仅仅是因为,通过改变实际情境,它要求相应规范的修正和实际的替代。但是,一个违法决断的法律效力是建立在什么基础上的呢?施密特写道,"逻辑一贯的规范论则会导出一项荒谬的推论:合于规范;决定的法效力出自规范,但抵触规范之决定的法效力则是出于自身,亦即来自对规范的抵触"①。为了避免这种三张牌游戏,我们必须得出这样的结论,即应用性决断**永远**无法从规则中获得其特定的法律效力。它**既不**与规则相矛盾;**也不**与规则相一致。用维特根斯坦的话来说,"这里既不存在一致性,也不存在矛盾"。在路标前,不同反应的法律效力,**仅仅**源自这些反应都是决断(不假思索的反应和创新的反应均是如此)这一事实。决断,就像亚里士多德的法令一样,是衡量自身的单位。

对施密特来说,规范和决断之间的对立涉及"神学和形而上学的古老议题,尤其是'上帝做出某种诫命',是因

---

① [德]卡尔·施密特:《论法学思维的三种模式》,苏慧婕译,北京:中国法制出版社,2012年,第65页。——译者注

为该诫命本身为善；抑或该诫命为善，乃是因为上帝做出了此诫命"①。整个决策传统——简而言之，与施密特类似的：霍布斯（Hobbes）、德梅斯特尔（de Maistre）、博纳尔（Bonald）、多诺佐·科尔特斯（Donoso Cortés）——坚决主张第二种选择。上帝的诫命是一种纯粹的"应用"，它不会去预设一个积极规范，而是期盼它的存在。可以这么说："先有应用，后有规则。"(**Neque enim quia bonum est, idcirco auscultare debemus, sed quia deus praecepit**) 我们必须服从，并非因其关乎善，而是因为这是上帝的诫命。在规范的法律道德内容上，德尔图良（Tertullian）的肯定使得执行决断的独立性达到最高点。维特根斯坦也从未离开过这一最高点。维特根斯坦曾偶然注意到，"石里克说，在神学伦理学中，曾存在着两种关于善的本质的观念：依据较浅显的解释，善之为善是因为它是神所需的；依据较深奥的解释，神需要善是因为它是善。我认为第一种解释是深奥的：**神的诫命，就是善**。然而，它切断了对于'为什么'它是善的一切解释途径，而后一种解释则是浅显的，是理性主义的看法，继续探究下去，'似乎'你能给出什么是善的理由"②。如果认为这些句子只是维特根斯坦私下的唠叨，而与语言游戏的研究无关，那么则意味着放弃理解维

---

① ［德］卡尔·施密特：《论法学思维的三种模式》，苏慧婕译，北京：中国法制出版社，2012年，第64页。——译者注
② ［英］维特根斯坦：《维特根斯坦与维也纳学派》，徐为民、孙善春译，北京：商务印书馆，2015年，第105页。较原文有改动。——译者注

特根斯坦思想的一个重要层面。对于那些轻易放弃这一问题的人（例如克里普克）来说，情况就更糟了。

施密特认为，"法律的实现"，**即决断**，是国家主权的专属特权。维特根斯坦认为，规则始终存在着应用的问题性，**也就是说，决断**，是所有语言动物的特权。因此，决断论和规范论之间的区别并不存在，然而，在两种不同形式的决断论之间却存在着区分：一种是垄断的，另一种则是扩散的（这实际上无法避免，因为它根植于口头语言的本质中）。不仅如此，我们无论如何都不能认为交谈者的应用/决断无法反作用于主权的应用/决断。维特根斯坦写道，"从另一方面看，一种语言游戏随着时间而起变化"①。

"遵循规则"在危机情境中具有重要意义，在危机中，同一规范的不同应用激增，并且这些应用彼此之间无法调和。这是语言实践的例外状态，但同时也是笑话的栖息之处。维特根斯坦在《哲学研究》第 206 节中详细描述了危机情境："**遵从一条规则**类似于服从一道命令。我们通过训练学会服从命令，以一种特定的方式对命令做出反应。但若一个人**这样**另一个人**那样**对命令和训练做出反应，那该怎么办？谁是对的？"② 在这种情况下，应用的多样性和异质性，不再是一种理论可能性（例如交通信号灯的例子），

---

① ［英］维特根斯坦：《论确定性》，张金言译，桂林：广西师范大学出版社，2002 年，第 41 页。——译者注
② ［英］维特根斯坦：《哲学研究》，陈嘉映译，上海：上海人民出版社，2001 年，第 124 页。——译者注

而是一种真实的现实（这一现实性完美体现在"漏水的壶"这一笑话中）。我们也不能再求助于训练和习惯：这些以前可以**消除**怀疑和争议的装置现在已经失灵了；它们成了问题的一部分，而非解决方案的一部分。那么，当"我的行动"与"一条规则的表达"毫无关联这一令人震惊的事实大白于世时，会发生什么呢？在例外状态下，人类的实践该如何明确表述？这一问题的回答与一劳永逸地澄清笑话的**运作方式**（**modus operandi**）没有什么不同。

  以许多不同的方式应用规则意味着规则的中断、将规则暂时排除在游戏之外。从认知的角度来看，就好像它被忽视了。面对诸多相异的应用，我们很难去精确指认它们所属的规则是哪一个。为了形象化规范的中断/忽视，维特根斯坦转而使用一个民族学的例子。在第 206 节，维特根斯坦接着说道："设想你来到一个陌生的国度进行考察，完全不通那里的语言。在什么情况下你会说那里的人在下达命令、理解命令、服从命令、拒绝命令等？**共同的人类行为方式**是我们借以对自己解释一种未知语言的**参照系**。"[①]危机情境就类似于我们在听一种从未听过的语言。在面对一串无法理解的声音时（也可以这么说：面对显然不符合任何规则的应用时），为了更好地认识和理解，我们可以依靠一个标准："共同的人类行为方式"（**die gemeinsame**

---

[①] ［英］维特根斯坦：《哲学研究》，陈嘉映译，上海：上海人民出版社，2001 年，第 124 页。——译者注

menschliche Handlungsweise）。这是一个抵消性的概念。它是关于什么的呢？它关系到我们物种的独特特征，语言动物的基本（即必然的）倾向。可以合理地假定"共同的人类行为方式"在很大程度上与维特根斯坦在《哲学研究》开头所说的"自然历史"相吻合，在第 25 节中，维特根斯坦写道："命令、询问、讲述、聊天［并且根据 23 节，提出及检验一种假设、猜谜、讲笑话；请求、感谢、谩骂、问候、祈祷］，这些都和吃喝、走路、玩闹一样，属于我们的自然历史。"① 维特根斯坦式的探险家，以及危机情境中的行动者，重新回到了规则的**这一边**（后者是未知的或中断的），并采用一系列重要的物种特有行为作为"参照系"。这些行为是所有被内容决定的规范的"基石"。在规则的这一边，还存在一个基本的**规律性**。危机情境使这种**规律性**得以呈现，使它成为舞台的中心和焦点。

即使对于法律理论来说，例外状态也远非无形的虚无，而是人类生活的本质经纬获得意料之外的重要性的时刻。或者更为确切地说，这是人类生活的交织获得意料之外的凸显的时刻。**规范**的中断揭露出实践、习惯、关系、倾向和冲突的**常态**。卡尔·施密特表示："因为非常状态不同于无政府状态或混乱状态，所以法学意义上的秩序仍然占据

---

① ［英］维特根斯坦：《哲学研究》，陈嘉映译，上海：上海人民出版社，2001 年，第 20 页。较原文有改动。——译者注

主导，尽管这已经不再是那种平常的秩序。"① 这种非法学秩序，即"共同的人类行为方式"，其特点是范围和语境的根本模糊，因为在那里只有应用，没有规则。用维特根斯坦的话来说便是：例外状态取消了语法命题和经验命题之间的界限；使河床和河流无法相互区别。施密特写道："如果必须首先引发某种状态，以使各种法规能够在其中生效，那么非常状态便处于绝对形态之中。所有一般性规范都要求**一种正常的日常生活框架**，以使自己能够在实际上运用于这种生活框架，并使日常生活服从各种规则。规范要求同质的中介。这种有效的正常状态不纯粹是一种法学家可以忽视的'肤浅假定'；这种状态完全属于自身固有的有效性。"② 例外情况再次提出了将**规律性**——"正常的日常生活框架"——与**规则**相联系的难题：这最终将导向一条全新的规则，或在各个方面都不同于先前实行规则的规则。

请注意，任何规范，无论这一规范的要求为何，其应用都栖息于维特根斯坦称之为"共同的人类行为方式"的人类学基石上。规范内容与其实现之间的永久间距，总是通过不断求助于先于规范的领域来跨越，而正是这一先于规范的领域使得规范的阐释成为可能。因此，表达行动的

---

① ［德］卡尔·施密特：《政治的神学》，刘宗坤、吴增定译，上海：上海人民出版社，2015年，第29页。——译者注
② ［德］卡尔·施密特：《政治的神学》，刘宗坤、吴增定译，上海：上海人民出版社，2015年，第30页。——译者注

层面有三个而非两个：a）规律性或"共同的人类行为方式"；b）既定的规则；c）规则的特定应用。应用永远无法从相应的规则中推断出来，在某种程度上，它与规律性相一致。这正是决断的积极方面（正如我们所知，消极方面则包括回归无限的中断）："切断"意味着在规则之后（应用）和之前（规律性）之间建立一条通路。应用性的决断返回到"正常的日常生活框架"，并从这一框架中重新选择要遵循的规范。这与构成**实践智慧**的双重技能没什么不同。如果说在规则的**每一次**具体应用中，都确实参照了"共同的人类行为方式"，即使是以隐蔽的形式，那么我们必须得出结论：例外状态的碎片被嵌入规则的**每一次**应用中。在规范的具体实现中，总是存在一个时刻，在这一时刻中，我们会回到规范的**另一边**。

然而，这并没有减少日常和危机情境之间的差异。如果我们用括号来暗示一个术语不置可否的重要性，即使它处于不显著的位置，那么日常则可以以如下的方式表示：（"正常的日常生活框架"）——积极的规范——实行。然而，危机情境却是"正常的日常生活框架"——（积极的规范）——实行。只有被正确阐述的例外状态——"但若一个人**这样**另一个人**那样**对命令和训练做出反应，那该怎么办？"①——才能中断或否定以物种特有的**规律性**之名确

---

① ［英］维特根斯坦：《哲学研究》，陈嘉映译，上海：上海人民出版社，2001年，第124页。——译者注

定的**规则**的权威性。只有例外状态才能暂停语法命题和经验命题之间的通常区分，并设立一个混合区域——因为混合本身就是规律性：是语法的同时也是经验的，是经验的同时也是语法的。只有例外状态毫无保留地强调应用时刻的自主性，以至于在自身与"共同的人类行为方式"之间搭建起良性的循环。只有例外情况才会导致观点的逆转，借助于此，规则必须被视为应用的特定情况。

当且仅当在应用特定规范的过程中，我们被迫溜到规范的后方并呼唤"共同的人类行为方式"时，我们才能发现创新、"心理重音的转换"、迄今所走道路的突然偏离。这看起来可能很奇怪，语言动物的创造力是在一种**回归**中触发的：在危机情境的要求下，间歇性地回归到"正常的日常生活框架"，也就是说，回归到构成我们物种自然历史的实践群中。诉诸**规律性**，也就是说，诉诸自然—历史的"基石"，为两种不同类型的创新行动提供了动力。一方面，规律性使既定规则的古怪的、令人惊讶的、创造性的应用合法化。另一方面，规律性也可以导致相关规则的变化，甚至废除。这两种类型的创造力是密不可分的。只有通过一次又一次地改变规则的应用，我们才能改变或替换某个规则本身。我们必须强调这样一个事实，即彼此密切相关的两种创新形式都依赖于行动的三元结构：如果"遵循规则"被简化为规则/应用的二元结构，并缺失"共同的人类行为方式"的"参照系"，那么对惯常行为方式的有意义偏离便不会发生。但是，我们必须注意不要将**规律性**与超级规则等同起来。如果这么做，将会再次激起施密特和维特根斯坦致力于平息的回归无限这一难题。**规律性**是区分语法平面（规则）和经验平面（应用）的可能性基础和条件；但正因如此，它本身并不受两大平面的约束。让我们再重复一遍，我们所面对的，是一个难以辨认的区域：在这里，河床与河流互相重合。为了避免将其误解为超级规则，我更倾向以相反的方式，用一个先于任何积极规范的**纯粹应用**，来平衡"正常的日常生活框架"。

笑话栖息于区分规范与其特定实现的无人之境。笑话的伟大作用就在于它能展示一个规则的多种应用方式。或者也可以这么说：笑话能够表明，既不存在与规则相一致，也不存在与规则相矛盾的应用，因为两者之间存在着不可逾越的鸿沟。我们现在可以补充道，笑话之所以能做到这一切，是因为它本身内含着例外状态的所有显著特征。笑话突然从**规范**倒退至**常态**，并以"共同的人类行为方式"的名义剥夺了权威的规则，它们毫无保留地强化语法命题和经验命题之间的不可分辨性。让我们来看弗洛伊德曾提到过的一个例子。一个乞丐恳求富有的男爵帮助他去奥斯坦德（Ostend），因为他的医生建议他去海边休沐来恢复健康。"'好的'，富人说，'我会帮助你，但是你必须去奥斯坦德吗？奥斯坦德的海滩是所有海滩中最贵的。''男爵先生，'乞丐怨恨地回答，'我认为没有比我的健康更加昂贵的东西!'"(*MdS*, p. 79)。为了正当化他对借钱规则的无礼应用,乞丐求助于自我保护的本能这一基本力量。正是"正常的日常生活框架"暗示了词语和思想的意想不到的组合、不规则的推论,以及能够让人感到困惑和启发的矛盾——在演讲结束时"热烈鼓掌",演讲者转身问他的朋友:"我说了什么蠢话吗?"(*MdS*, p. 82)这便是看似无关的事物的统一,以及被认为是几乎统一的元素的分离。让我们来看另一个例子。一个马贩向顾客推荐一匹赛马:"如果你在早上4点骑这匹马,那么6点半就可以到普雷斯堡了。""我在早上6点半去普雷斯堡做什么?"(*ibid.*, p. 78)如同事件中的戏剧性转折,笑话打断了对话并将其引至其他地方,因此笑话是一种**决断**:它的作用在于切断和截断。如果考虑到它自己也适用的规则,那么用施密特的话说,笑话"从根本的规范内容来看,一个决断所具有的具体的建构性因素是一种新的外来的东西"①,决策-笑话"从无中产生"。不过,我要再次说明,规范意义上的无只是对各种规范所依据的物种特有重要行为的**规律性**的贬低。

笑话是一种创新的行动,它规定了例外状态。和其他所有创新行动一样,笑话也从规则回到"共同的人类行为方式"。然而,在笑话中,我们有必要以更清晰的方式来理解这一最后的概念。我们说过,"共同的人类行为方式"大

---

① [德]卡尔·施密特:《政治的神学》,刘宗坤、吴增定译,上海:上海人民出版社,2015年,第46页。——译者注

致相当于维特根斯坦称之为我们物种"自然历史"的那些基本实践：命令、质询、讲述、阐述假设等。这是事实，但这还不是全部。首先，非语言冲动和言语行为之间的关系构成了先于规则的规律性。规律性并非源于这些冲动，但也不能简化为某些词的重复使用：恰恰相反，通过将冲动**转化**为言语，两者合二为一。重要的是两者的缝合；这是语言与本能反应结合并重组的精确点（参见 Lo Piparo 2003, pp. 19 - 28）。人们日常生活的共同之处，首先在于从痛苦的呼喊到表达痛苦的短语的**过渡**；从无声的性欲到以命题形式清晰表达的**过渡**；从感知想象到彻底重塑的隐喻和转喻的**过渡**。"正常的日常生活框架"的首要含义便在于此**门槛**，而非仅仅是随之而来的东西。并且笑话回溯的，也正是这一门槛。

"共同的人类行为方式"的第二个含义可以从《哲学研究》的第 244 节中推断出来："语词和感觉的原始、自然表达联系在一起，取代了后者。孩子受了伤哭起来；这时大人对他说话，教给他呼叫，后来又教给他句子。他们是在教给孩子新的疼痛举止。'那么你是说，'疼'这个词其实意味着哭喊？'——正相反；疼的语言表达代替了哭喊而不是描述哭喊。"① 对疼适用的，也同样适用于恐惧、欲望、同情和厌恶、屈服和支配。在所有这些和其他情况下，言

---

① [英] 维特根斯坦：《哲学研究》，陈嘉映译，上海：上海人民出版社，2001 年，第 135—136 页。——译者注

语表达并**不能**描述本能反应，**而是**取而代之。然而，当替换发生时，一种中间状态便会占上风：不再是简单的反应，却也还不是真正的语言游戏（这一方面可以参考 De Carolis 2004，pp. 145 - 150）。当哭喊转化为言语时，哭喊这个词本身还保留了本能反应的一部分（口头语言的非口头运用），与此同时，哭喊被强行拉入命题结构（非口头语言的口头运用）。如果认为这种交错只发生于遥远的过去，那就太幼稚了。与之相反：语言有无数种方式在其自身中唤起和重申（多亏了复杂的语义程序）从本能信号到语言表达的替换。在这些方式中，笑话尤为突出。无论是谁讲了一个笑话，都将踏上闪电般的倒退之旅：从目前正在进行的语言游戏倒退到它所取代的本能反应。让我们明确一点：说笑者并没有回到贫瘠的前语言反应阶段（现在这显然是不可能的），而是回到了将这种反应转变为文字的时刻。这种转变是**规律性**的核心，也是"共同的人类行为方式"的最深层。弗洛伊德向我们展示了一个笑话，其内容完美地说明了许多笑话的隐含结构：回归到短语取代感觉的门槛地带。这一个笑话幽默地说明了其他笑话的所作所为，也是《哲学研究》第 244 节的镜像。这个笑话是这样的："医生被要求在男爵夫人分娩时协助她。然而，医生却宣称时机尚未到，并向男爵提议在隔壁房间玩纸牌游戏。过了一会儿，男爵夫人痛苦的哭声传到了两人的耳朵里：'啊，我的上帝，我是多么痛苦啊！'她的丈夫跳了起来，但医生示意他坐下,并说道:'这没什么,我们继续玩游戏吧.'又过了一会儿,怀孕的女人又发出了一声喊叫:'我的上帝,我的上帝啊,多么痛苦啊!'——'教授,你还不进去吗?'男爵问道.——'不,不,现在还不是时候.'——最后,隔壁传来确定无疑的哭喊:'啊,啊,啊!'这时医生把卡牌扔在桌子上并说:'现在是时候了!'"(*MdS*, pp. 104-105)

笑话是话语的例外状态,因为它突然再次编辑每个说话者的**第一现场**:将命题思想嫁接到非语言冲动上。我再强调一遍,这种嫁接不仅是发生在个体身上的偶然插曲,而且是语言经验的一个永久维度:简单而言,在这一维度中,我们的语言模仿它们所取代的东西(比如哭喊或其他),因而类似于一种不假思索的反应。笑话便是这一维度的常客。正是出于这一原因,笑话看起来像是一种**半本能的冲动**,或者,正如弗洛伊德所说,一种"无意识的想法"。那些说笑之人在开口前,通常不会提前设想他们所要说的内容。但是,预谋的缺席只是证明了**一种规律性**的回归,在这种规律性中,言辞一次又一次地与欲望、情感的"感觉的原始、自然的表达"联系在一起。弗洛伊德认为,"笑话中不存在思维进程向感知的回归",但在笑话中,我们仍可以发现"形成梦的另外两个阶段:前意识思维向无意识的下沉及其无意识的修正"(*MdS*, p. 188)。我不同意这种说法。在我看来,即使笑话没有回归到这种感知,它也一定会回归到感知和话语的交界处。此处,确实存在一种"下沉",但是言语思维"下沉"到笑话与非语言冲动不断嫁接的大地上。

笑话是创新行动的黑匣子:它以微缩的形式再现了行动的结构和运动。一种生活形式的转变,源于规则运用时所经历的不确定性。这种不确定性促使我们,至少在某一时刻(这一时刻便是例外状态),回归到冲动与语言游戏相联系的门槛。回归冲动意味着以一种不同方式阐释它们的可能性。痛苦、喜悦或恐惧的哭喊可以以意想不到的、创造性的方式被**替换**,从而完全或部分地修改先前的语言游戏(其规则几乎无法被应用)。本能反应的创新替换首要体现在,但不限于依赖扭曲、颠覆刻板印象和传统行为的笑话中:"不幸的是,我们是临时工……"(*MdS*,p. 101)这种替换也体现在将单词分解成次词汇的笑话中:"您让我结识了一位头发红棕色的、愚蠢的年轻人,但不是卢梭。"(Vous m'avez fait connaître un jeune homme "roux" et "sot", mais non pas un Rousseau)① (*ibid.*, p. 54) 尽管这些笑话的特定内容看起来毫无意义,但它们以试验性的方式改变了冲动和口头语言的连结。向**规律性**的倒退也涉及一个反向运动:从规律性到最终的新规则。哭喊到言语的转变无法避免,但也并非模糊不清:改变痛苦或欲望的语法,总是可能的。

---

① 这是一则法语笑话,roux,音标 [ru],红棕色头发的;sot,音标 [so],傻的;Rousseau,音标 [ruso],卢梭。

# 第三部分　危机情境中的推理

## 5. 笑话的逻辑

在本研究的第一部分（第一、二章），我尝试定义笑话的**性质**，给予它一个身份证明。我得出的结论是，笑话是面向中立的观众，在公共领域实行的创新行动。讲笑话完全铭刻于**实践**的框架中。它涉及**实践智慧**的运用，即在可能的情境中，使我们判断出何为恰当行为的实践技术诀窍。然而，在笑话中，实践和**实践智慧**被推向了极致，因为笑话破坏和驳斥了共同体的普遍信仰系统，并揭示了当前生活形式的可转化性。在本研究的第二部分（第三、四章），我试图追溯笑话和创新行动的一般**结构**，以及追溯它们作用方式的内在动力。我得出的结论是：笑话将规则应用于某种特例中，并以此方式突出规则和其应用之间的持续脱节（更为准确地说，是不可通约性）。笑话的结构模仿了典型的**决断**运动：在所有情况下，要想确立规范的实现方式，就必须超越这种规范，从而与"共同的人类行为方式"相连接。现在，在本研究的结论部分，是时候详细考察笑话和创新行动的**逻辑**，以及在笑话中用来打破既定习惯和引起行为偏移的工具。在这里，问题的焦点在于说笑中发挥作用的论证模式和以出人意料的方式应用规则并规定语言实践的例外状态的推论。

弗洛伊德依据笑话所汲取的特殊语音、语义和逻辑资源对它们进行了划分。首先，他区分了明显不同的两大类笑话：一是"言语笑话"，二是"概念笑话"。我们不能假定概念笑话独立于言说之外，哪怕一分一毫。讲笑话总是而且只是一种言语行为。言语笑话和概念笑话的差异在于能指和所指的差异。言语笑话利用单个词句或整个表达式的物质形体；概念笑话则是利用语义内容的相互联系（参见 Todorov 1974, pp. 317 - 319）。就言语笑话而言，它的展开"聚焦于我们对词语**发音**的心理态度，而非它的**含义**——使（声音的）词表象本身取代了提供意义的物表象"（*MdS*, p. 143）。就概念笑话而言，它给人的主要印象是不相关的，甚至不连贯想法的生硬结合；但若是换一种措辞来表达，这一结合也不会遗漏任何重要的东西。

但是，弗洛伊德本人也多次批评这种区分的脆弱性和可逆性：依照此种方法每前进一步，我们都会遭遇同属两种类型的笑话。例如，我们几乎无法确定双关语是"言语的"还是"概念的"，取决于能指的还是所指的；正如同我们无法在第一时间内将乞题与音节的重复使用分开，如"**经验**由我们不愿经验的**经验**构成"（*MdS*, p. 90）。当然，一些笑话一旦改变了表达形式，它们也就消失了（罗斯柴尔德的"famillionairy"善行）；也有一些被精简的笑话流传下来了（身无分文的人用所有借来的钱买三文鱼填满肚子）。然而，这些笑话或多或少都围绕一个重心波动，而在其中"正确词语"的选择和不规则推论的发展之间存在着牢不可破的联系。现在让我们聚焦于这一重心，来探索勾连两大笑话类型的**逻辑形式**以及它们的种和亚种（缩合、双关、替换、合一、间接比喻等），因为弗洛伊德在他的书中用了差不多三分之一的篇幅阐述了这些分类。只有对逻辑形式的辨析，才能为笑话的分类提供一个不同的基础。

所有的笑话，包括基于头韵的简单文字游戏，都是有着前提和结论（无论清晰与否）的**推理**形式。然而，在形式上，它们是**错误**的推理形式，其结果依赖莫须有的前提、语义模糊、错误关联、任意扩展和限制需考虑因素、无耻地违反排中律。因此，笑话的逻辑形式似乎是一种谬误推理。笑话类似于表面上的三段论或不正确的三段论。表面上的三段论：如果从错误的前提出发，即从一个假定的**普遍认可的意见**出发，那么便会得到一个与真正实行的**普遍认可的意见**相反的结论。不正确的三段论：如果从正确的前提出发，即从最站得住脚的**普遍认可的意见**出发，那么在任何情况下，都会得出与前提相冲突的隐含结论。在这两种情况中，笑话都建立在一个古怪的推论之上。至少乍一看，它是一种真正的**谬误推理**。稍后我们会明白事情要复杂得多。但就目前而言,我们理所应当假定笑话和谬误推理之间存在着关联,并且需要展开详细论证。

在《辩谬篇》中,亚里士多德分析了为幽默笑话(和创新行动)提供框架的错误思维过程。亚里士多德所做的这一工作是我们理解笑话逻辑形式的基础。在所有的笑话中,请注意:这一形式不只是弗洛伊德用症候修饰语"诡辩"来称呼的狭隘亚种(*MdS*,p. 85)。亚里士多德将论理倒错的推理形式分为两大类:"与语言相关的"(**para ten léxin**)以及"与语言无关的"(**éxo tes léxeos**)(*Soph. El*,165 b 23-24)。正如我们所见,这与弗洛伊德对笑话的二分,即言语的谬误推理和概念的谬误推理相同。但一个根本的区别在于:在亚里士多德的文本中,即使基于能指间关系的文字游戏,也被视作能改变思维方向的**论证**的真正形式(而弗洛伊德认为只有"概念的"笑话才具有这一作用)。逻辑谬误与笑话的并行并非只是一种假设,最终它会被一些客观一致性所证实。在《辩谬篇》的最后,亚里士多德清楚地说明了错误推论,尤其是那些基于同音异义的错误推论和"幽默措辞"(**oi lógoi ghéloiot**)之间的关系。他接连讲了五个可被视作诡辩推论的笑话。比如"一个人被留在战车架子的立板上了"①(**diphros** 意为"货车"和"凳子")。此刻,我们所面对的是诙谐的谬误推理(paralogismo

---

① [古希腊]亚里士多德:《工具论》,余纪元等译,北京:中国人民大学出版社,2003年,第617页。——译者注

arguto）和谬误推理的诙谐（arguzia paralogistica）：在某种情况下，这两者之间并非只是具有一些关联，而是完全并列。

此刻，回顾各种推论谬误的细节毫无意义。重要的是广泛辨析表征这些推论谬误的形式机制。通过这种方式，我们也可以在一个成功的笑话中，或在对某一特定规则的不寻常应用方式中，确切地识别这种机制。创新行动的**工具**由一定数量的不规则或者"不正确"推论构成。如果只是为了在最低限度上认识这种**工具 (organon)**，那么在一张表格上，详细列出源自这些推论的主要言语和概念谬误就够了。我将以此方式继续：在对谬误推理（源自亚里士多德）进行简单定义后，我还将列出一到两个笑话（弗洛伊德提到的），这些笑话会以各自的方式例证谬误推理的独特机制。

与语言相关的谬误：

1. **语义双关**。个别术语的含混会导致一个矛盾的结论。亚里士多德的例子：由于"必定存在"意味着"不可避免"以及"道德上正确"，因此诡辩家宣称："恶是善，因为必然存在的是善，所以恶必然存在。"**对应的笑话为**：a)"那个女孩让我想起了德雷福斯。军队不相信她的清白"（*MdS*，p. 64）；b)"这是雄鹰的第一次'vol'（有'飞'和'偷窃'之意）"［C'est le premier "vol"（'volo' e 'furto'）de l'aigle］，

5. 笑话的逻辑
057

这说的是拿破仑三世刚刚掌权时的偷窃行为和贪婪。(*ibid.*, p. 61)

2. **含混**。由于词语在顺序上并非区分主语和宾语,因此整个句子都具有含混性。亚里士多德的例子:"希望我,敌人,抓获"(未明确是一个人希望被敌人抓获,还是抓获敌人)(*Soph. El.*, 166 a 6-9)。**对应的笑话为**:a)"两个犹太人相遇……'你已经洗过澡了吗?'一个人问道,'什么?'另一个人反问道,'有一个澡盆不见了?'"(*MdS*, p. 72);b)"当医生从一个女士的床边离开,对她的丈夫摇头说:'我不喜欢她的脸色。''我不喜欢她的容貌很长时间了。'丈夫赶紧赞同道。"(*MdS*, p. 62)

3. **合并**。这类谬误将"单独的意义上"的话语理解为"复合意义上"不可分裂的整体,即意味一种连接和连续。亚里士多德的例子:当有人说"一个人可以边坐边走"时,诡辩家没有将先与后、潜能与现实分开,因而推论出那个人毫无疑问可以在坐着的**同时**行走(*Soph. El.*, 166 a 24-27)。**对应的笑话为**:"一个绅士进入一家糕点店定了一个蛋糕;但他很快带着蛋糕回来,并用蛋糕换了一杯酒。喝完酒后,绅士没有付钱便离开了。店主拦住了他。'你想怎样?'顾客问道。——'你还没有付酒钱。'——'但我用蛋糕和你交换了。'——'你也没付蛋糕的钱。'——'但我还没吃它。'"(*MdS*, p. 84)

4. **拆分**。与前一个谬误对应,此类谬误在单独的意义上，理解话语的整体。亚里士多德的例子：任何对诡辩家"5 是否等于 2+3"这一问题做出肯定回答的人，都会得到以下反驳："5 是偶数和奇数"（*Soph. El.*, 166 a 34 - 36）。

**对应的笑话为**："媒人正在为他推荐而男生不满的女孩辩护。'我不喜欢岳母'，男孩说，'她是一个难相处的、愚蠢的人。'——'但你毕竟娶的是女儿而非岳母。'——'是的，但是她不再年轻了，并且长得也并不漂亮。'——'没关系，如果她既不漂亮也不年轻，那么她会对你更加忠诚。'——'并且她不富裕。'——'这和钱有什么关系？你娶的是钱吗？你要娶的是妻子。'——'但是她是驼背。'——'好吧，你**到底**想要什么，她难道连一个缺点都不能有吗？'"（*MdS*, p. 85）

5. **表达形式**。在这一例子中，明显不同范畴之间的偷换导致了错误的推论（量取代了质，空间取代了时间等）。不可否认，这是我们模棱两可的表达方式造成的。亚里士多德的例子（在这一例子中，量的范畴被物质范畴取代）：诡辩家问道，如果一个人曾拥有某样东西，现在却没有了，那么他曾拥有的东西必定是丢失了，这是否正确？当得到肯定的回答后，诡辩家指出，如果一个人过去拥有 10 个骰子，却丢失了一个，那么他现在便不再拥有过去的 10 个骰子，由此可得出结论，他 10 个骰子都丢失了（*Soph. El.*, 178 a 29 sgg.）。**对应的笑话为**（以现实范畴和可能范畴的颠倒转换为中心）："即将结婚的新郎抱怨新娘的两条腿不一样长，因此有些跛脚。媒人反驳道，'你错了，假设你娶了一个拥有笔直双腿的健康女性，你又能获得什么呢？你不能保证她不会摔倒、摔断腿、终身残疾。想象一下要遭受的痛苦和忧虑，还有医药费！但如果你娶了**这个新娘**，那么将来这些就不会发生在你身上，因为它已经是一个**既成事实了**。'"（*MdS*，p. 86）

与语言无关的谬误：

1. **由于偶然而产生的谬误**。此类错误将谓语的偶然属性归于语法的主语。亚里士多德的例子：苏格拉底是白人，白色是一种模糊视线的颜色，因此苏格拉底是一种模糊视线的颜色（*Soph. El.*，166 b 32-36）。**对应的笑话为**：a)"这位女士在很多方面都像断臂维纳斯：她也非常老，和断臂维纳斯一样没有牙齿，并且发黄的身体上有着白色的斑点"（*MdS*, p. 94）；b)"他身上汇集了伟人的特征：他像亚历山大一样歪着头；像凯撒一样总是戴着**装饰品**（toupet）；像莱布尼茨一样喝咖啡；像牛顿一样，一旦坐在扶手椅上，便会忘记了吃喝，并且必须他人提醒；像约翰逊博士一样戴假发；像塞万提斯一样解开裤子上的一颗纽扣"（*MdS*, p. 94）。

2. **表达式被绝对表述，但在某个方面或地点或时间或关系上进行了修饰而产生的谬误**。这种谬误（与上文中的"合并"接近）将隐喻意义武断地理解为字面意思。亚里士多德的例子：a)"如果非存在是意见的对象，那么非存在存在"①；b)"如果一个埃塞俄比亚人全身都是黑的，只有牙齿是白的；那么他既是白的又不是白的"②。**对应的笑话为**：a) 一个马贩向顾客推荐一匹赛马："'如果你在早上 4 点骑这匹马，那么在 6 点半就可以到普雷斯堡了。'——'我在早上六点半去普雷斯堡做什么？'"(*MdS*，p. 78)；b)"'你好吗？'盲人问跛子，'如你所见。'跛子这样回答盲人"；"举着真理的火炬穿过人群而不烧到某人的胡须几乎是不可能的。"(*ibid.*，p. 106)

3. **由于忽视反驳而产生的谬误**。如果谓语 B 被削弱，或者如果我们首先指出其主要的层面，然后是次要的层面，那么我们可以同时得到"A 是 B"和"A 不是 B"，因而违背了**排中律**。亚里士多德的例子：诡辩家说"2 既是 2 倍的又不是 2 倍的"，因为 2 是 1 的倍数，但并非 3 的倍数 (*Soph. El.*，167 a 28 - 32)。**对应的笑话为**："媒人向求婚者保证，女孩的父亲已经不在人世，然而订婚后，他发现女孩的父亲仍活着并正在监狱服刑。求婚者向媒人抗议，媒人答道：'好吧，我是怎么和你说的？你把这称作活着？'"(*MdS*，p. 79 )

4. **由于假定了尚待论证的基本观点而产生的谬误**。这类著名的谬误将需要被证明的东西假定为推论的前提。亚

---

① ［古希腊］亚里士多德：《工具论》，余纪元等译，北京：中国人民大学出版社，2003 年，第 558 页。——译者注
② ［古希腊］亚里士多德：《工具论》，余纪元等译，北京：中国人民大学出版社，2003 年，第 559 页。——译者注

里士多德的例子：医学能够辨别器官的正常与否，因此医学是关于健康和疾病的科学（*Top.*，162 b 31 sgg.）。**对应的笑话为：**"经验由我们不愿产生经验的经验构成。"（*MdS*，p. 90）

5. **由于结果而产生的谬误**。原因和结果之间并不存在对称关系。后者由前者产生，反之则不然。亚里士多德的例子："如果它是蜂蜜，那么它就是黄色的"不能转化为"如果它是黄色的，那么它就是蜂蜜"（*Soph. El*，167 b 5-6）。**对应的笑话为：**"一位酗酒的男士以在小镇上教书为生。然而，当他的恶习逐渐为人们所知晓时，他失去了大部分的学生。一个朋友被委托来督促他改正，'听着，如果你戒掉酒精，那么你会是全镇最好的老师，所以放弃吧！''你以为你是谁？'酒鬼愤慨地答道，'我教书就是为了喝酒，现在却让我戒酒教书？'"（*MdS*，p. 76）

# 6. 不同的组合与偏离的轨道：创新行动的资源

亚里士多德分析的推论谬误是笑话和创新行动的逻辑形式。然而问题在于，当我们讨论笑话和创新行动时，我们是否依旧可以称之为"谬误"？这一问题至关重要。我并不认为应当继续如此。我认为，尽管谬误推理保留了全部的形式特权，但是一旦其应用条件（以及随之而来的先前功能）有变，那么谬误推理便不再成为一种逻辑错误。下一章将澄清这一问题。在此期间，我不希望看见一种具有潜在危险的错误认识占据上风：为了创造新东西，我们需要依靠不连贯的、有缺陷的推理，这并非我讨论的目的。为了避免这种不光彩的误解，在重新回到本文的论证主线之前，我必须引入两大需要考虑的因素，以澄清在特定的情况下，一个"错误的"推论如何以及为何不再是一种错误。

亚里士多德在《辩谬篇》中考察了谬误推理与描述性陈述。有关它们会导致我们对世界上的这种或那种事态得出错误的结论。因此,我们第一个需要考虑的因素是:同样的谬误推理,当它们作为笑话和创新行动**工具**时,反而成为**反事实推理**的主要成分。也就是说,它们能帮助我们详尽阐述一种假设:如果出现与当前状况不同的普遍条件,如果某些经验数据发生改变,如果采用其他**普遍认可的意见**或规则,将会发生什么?此问题的推理形式使用了虚拟语气的条件从句("如果奥斯瓦尔德没有杀死肯尼迪"),而这恰恰**与事实论据背道而驰**,它们同时还使用了条件从句的结论("那么美国就不会陷入越南战争的泥泞"),当已知现实被有意改变后,它能帮助我们推断出可能产生的后果。当语言实践被迫熟悉例外状况时,谬误推理允许虚拟语气中明显错误的条件句语言化,而创新行动有条件的个体化便取决于此。例如,**如果**我们想在复合意义上理解单独的话语,**那么**我将会这样或那样做;**如果**语法的主语与偶然谓语的属性具有本质关联,**那么**迄今为止被忽视的某个方面就会浮现,或者一个刻薄笑话就此诞生。反事实的前提(具体来说总是**反规范的**)可以是清晰的或琐碎的、丰富的或无缘无故的,但绝不是"谬误的"。

　　第二个需要考察的因素是前者的展开。如果我们想要证实一个给定的假说,那么将分离的东西连接起来,或将连接的东西分开,无疑都是非法的,但如果我们试图去构想一个新的假说,那么则是完全合法的。就构成笑话和革命实践的基础而言,"谬误"有些类似于数学家制定新定理时所使用的方法论。**发现逻辑**（la logica della scoperta）不同于**验证逻辑**（la logica della giustificazione），它必须放弃演绎论证，而间或依赖于类比、多语境的杂糅等完全不可靠的方式。在最近新出的一本好书中，卡罗·塞卢奇①（Carlo Cellucci）深入讨论了数学中创新假设研究使用的不同类型的推论。其中一些推论是那些论证方法的启发性反面（即内在于发现逻辑），当它们被应用于验证逻辑时，它们无疑会被贴上谬误或者谬误推理的标签。让我们举两个例子。首先，**隐喻**：对于数学家而言，它"宣称一个给定域的对象，被称为主域，它们同时也是另一个域的对象，这个域被称为次域。由于次域的对象具有某种属性，从隐喻中我们可以得出结论，主域的对象也具有该属性"（Cellucci 2002，p. 270）。只有在涉及最怪异的属性，即次域最独特和最明显不可分的属性时，不同域间属性的转移才掩盖了真正的创新假设。用亚里士多德的话说：当我们将谓语的**偶然**属性（"偶然出现"的谬误）归结于语法的主语之时，创新假设便出现了。另一个例子是**数据的变化**。这种方法论包括修改一个问题的全部或部分初始项，以便从一个问题逐渐过渡到全然不同的问题（*ibid.*，pp. 292 - 295）。这便是亚里士多德考察的诸多诡辩的谬误推理中发生的事（但是以一种充满恶意的错误形式，因为在那语境中，验证

---

① 卡罗·塞卢奇，意大利逻辑学家，原罗马大学教授，著有《数学和哲学》等。——译者注

逻辑正濒临险境）：此处我们应当考虑到语义双关和含混，同样应当考虑到由于忽视反驳所引起的谬误。

虽然在描述性陈述中，某个论证程序是倒错的，但是在反事实推理的语境下，是合法，有时甚至是有用的。虽然在验证逻辑中，某个推论是谬误的，但是在发现逻辑中，它反而是富有成效，甚至是必不可少的。无须再多补充了，我们完全可以轻易将"反事实推理"和"发现逻辑"互换为"笑话"和"规则的不寻常应用"。这些提示被用来警告和防范潜在的误解。但是，我再次重复，只有在下文中（见第七章），我才会阐明使得谬误推理不再**必然**成为一种错误（以及不再成为一种谬误推理，由于受制于恶性循环，这是一直认为其错误的那些人的观点）的根本条件。就目前而言，在我们继续讨论时，在心中给谬误和错误推理这些术语标上引号就足够了。

直到现在，我们才有可能解开一个长期悬而未决，却也是最关键的问题：我们应该如何划分笑话的种类，鉴于依据"言语的"和"概念的"划分脆弱且错误，并且与无数两者通用的笑话相矛盾？笑话的分类（及其体现的创新行动的分类）不可避免地要从它们的逻辑形式开始。如我们所见，所有的笑话，即使是那些言语的物质载体起决定作用的笑话，都具有**论证**的形式。或者更确切地说：不规则论证，与表面上的三段论和不正确的三段论类似，它总是建立在反常推论的基础上。此种分类必须评估内在于笑话（以及革命实践）的论证策略。如果笑话的逻辑形式是诡辩的谬误，那么我们就必须在这一谬误中探寻其特殊的特征和表达。

亚里士多德在《辩谬篇》中分析的谬误推理形式可以分为两类。这两大类与能指/所指无关，而是以不同的推论技巧为特征。

**a)** 一方面，一些谬误推理（以及源于此的笑话）的显著共同特征在于**对最初给定因素的不同组合**，我们可以将之视作一类。不同的组合使得一段陈述中具有两个明显矛盾的含义：论证在两种含义间摇摆不定，最终，隐藏其中的最具争议的那一含义占据了上风。此类谬误推理利用了本维尼斯特所分析的**符号**领域（符码系统）和**语义**领域（话语世界）之间的永恒鸿沟：事实上，在同一符号内容中同时存在两种不同的语义实现。所有关于事实和事态的陈述同时也是文字的运用：因此，我们现在目睹的是语言—客体和元语言的完全融合。以下的谬误推理可能属于这一类："与语言相关的"同音异义、语义歧义、组合、拆分；"与语言无关的"乞题和假因谬误。

**b)** 另一方面，一些谬误（以及相应的笑话）倾向于**偏离话语的轴心，引入从前未考虑过的异质因素**。我们以如此的方式讨论这一问题，以至于偏离引导对话的思维模式，并将我们的注意力迅速转移到附带的主题。我们会发现，这里我们面对的是多前提的三段论，由于这些三段论或多或少利用了暗含的**第三个前提**，因此它们可以将结论导向以前被忽视的问题和可能性。我们偷偷地改变了主题，并且是以一种违反"排中律"的特殊方式：面对"A是白人"或者"A不是白人"这两个选择，我们无疑可以认为"A是……高的"。并列的"是"优先于析取的"或"，这扩大了我们在推论中需要考虑的变量数。这一大类包含了**"与语言相关的"**谬误推理，它们源自不同范畴（质和量、现实和可能等）的不恰当叠加，以及余下的**"与语言无关的"**谬误推理：与偶然有关的谬误、表达式被绝对表述，或即使没有被绝对表述，但在某个方面或地点或时间或关系上进行了修饰而产生的谬误、由于忽视反驳而产生的谬误。

　　在弗洛伊德对笑话的分类中，给定因素的不同组合描述了**同一材料的多重用法**，而话语核心的偏离则以**心理重音的转换**来指明。我们不应该被表面上的谐音欺骗。对于弗洛伊德而言，事实上，这些只是特定的亚种：多重用法只是"言语笑话"的个例，转换只是"概念笑话"的个例。现在，整体与部分的关系颠倒了。多重用法/转换取代了言语/概念，成为一般分类原则。这两种新类别中的每一个都包含了基于能指的笑话和完全基于语义内容的笑话（假设我们不惜一切代价想要继续保留这种不可靠的区分）。这一不同的笑话分类标准明确强调了将这些笑话联合为谬误推理形式的关系。多重用法/转换这一对范畴取得的绝对霸权是在笑话的弗洛伊德《诙谐及其与无意识的关系》语境下，对亚里士多德《辩谬篇》的一种回响。然而，允许这种回响的发生，则是一种理论上的选择。

将笑话（以及先于此的不规则推理）划分为"同一材料的多重用法"和"重音的转换"两大类，意在毫不踌躇地回答最初的问题——同时也是我们不断遭遇的问题：创新行动的**逻辑语言资源**是什么？我认为所有的笑话，以及所有在危机情境中改变生活形式的努力，**要么**基于给定元素的独特组合，**要么**是突然转向隐藏因素，它们都或多或少与话语的原初秩序相矛盾。这两类资源，必须被理解为同一个逻辑形式的不同表达，在语言实践的例外状态中，它们充分彰显自身。同一材料的多重用法和心理重音的转换是回应由规则的特定应用引起的长期的、日益严重的问题的根本方法。此外：在这两种方法的应用过程中，我们回到了"共同的人类行为方式"这一主要参照系。多重用法和转换是谬误的两种主要形式以及笑话的首要形式。但是正如我们刚才所见，在笑话中（以及规则的不寻常应用中），谬误具有反事实假设的价值，因此表现为启发式程序。总而言之，我们现在正在面对的是**生产性**的谬误，它具有改变一种语言游戏或一种生活方式的功能。我刚才提出的区分特指谬误推理的**这一**运用。

这两类笑话（以及生产性的谬误）对应于两种大规模的创新行动。同一材料的多重用法在宏观上等同于**企业家创新**（这里的"企业家"一词，不具有资本主义生产方式辩护者意义上的令人厌烦和憎恶的含义）。另外，转换构成了政治经验的逻辑语言资源，通过更改结果，它标示着我们全部的传统：**出离**（exodus）。现在，让我们仔细考察言语微观和社会历史宏观之间的这种双重联系。

（A）**企业家创新**

约瑟夫·熊彼特（Joseph Schumpeter）[①]，是20世纪为数不多的大胆地将工业经济作为"总体社会事实"（内在于人类学家的广泛观点）进行分析的作者之一。他阐述了一个重要的创新理论，这一理论的核心在于将"企业家职能"视作基本的人类才能。

熊彼特认为，将企业家和资本主义公司的首席执行官和公司的所有者混淆，是十分错误的。我们所谈论的不是一个明确的社会角色，而是一种在危机和停滞时被激活的物种特有的能力。换句话说，企业家是每一个语言动物，但是每一语言动物仅仅是偶尔、间断地成为企业家："充当一个企业家并不是一种职业，一般说也不是一种持久的状况。"[②]熊彼特还区分了企业家和发明家：后者为生产过程增添了新的因素，而企业家则将所有都押在了现有因素的**多义性**（polisemia）上。通过对一开始就可用的、无单独意义的因素进行不同的排列组合，企业家打破了"均衡状

---

[①] 约瑟夫·熊彼特，著名经济学家，提出基于创新理论的企业家理论。——译者注

[②] [美]熊彼特：《经济发展理论》，何畏、易家详等译，北京：商务印书馆，2020年，第89页。——译者注

态"。关键不在于生产要素的数量和质量，而是它们形式的变化。熊彼特写道："发展主要在于用不同的方式去使用现有的资源，利用这些资源去做新的事情，而不问这些资源的增加与否。"① 同一材料的多重用法，除了实现以前从未预见的目标，还形成了一种新的行动方式："这里所说的行为……是指向某种不同的东西，并且意味做某种不同于**其他行为**的事情。"②

熊彼特描述的企业家职能涉及语义歧义（"希望我，敌人，抓获"，如果重音落在对投降的诱惑而非对胜利的渴望时，会发生什么？），或因果颠倒（"如果 x，那么 y"变成"如果 y，那么 x"，又会得到什么样的新组合？）的反事实运用。基于**组合术**的笑话，即基于同一言语材料的多重使用的笑话，以一种概要的形式揭露了此职能。熊彼特描述的企业家的典型特征，完全可以合理归结于那些能够讲出如此笑话的人："一些人认为丈夫一定赚了很多钱，因而可以进行一些储蓄；另一些人则认为因为太太有靠山，所以她能够赚许多钱"；"您让我结识了一位红棕色头发（roux）、愚蠢（sot）的年轻人，但不是卢梭（Rousseau）。"

(B) **出离**

出离是基于排中律这一谬误原则的集体行为。然而犹

---

① ［美］熊彼特：《经济发展理论》，何畏、易家详等译，北京：商务印书馆，2020 年，第 78 页。——译者注

② ［美］熊彼特：《经济发展理论》，何畏、易家详等译，北京：商务印书馆，2020 年，第 93 页。较原文有改动。——译者注

太人们既没有臣服于法老，也没有公开反叛法老的统治（A 或者非 A），而是发现了另一种可能性，这种可能性并不在原本的选项上：逃出埃及。不是 A，也不是非 A，不是顺从地臣服，也不是在特定领土上为夺权而斗争，而是一个古怪的 B，只有当其他前提被偷偷塞进给定的三段论中，这一古怪的 B 才能被实现。逃离"奴隶制和不平等的工作"的确切时机在于，一条未被社会政治地图记载的**岔路**被发现之时。

当一场谈话在明确的轨道上进行时，出离与**改变话题**没什么不同。我们不是从某些基本条件中选择最好的方案，而是试图改变这些条件本身，即改变决定所有可能选择的"语法"。正如我们在上文中所讲的那样，出离是对启发式程序的政治实践的转移，数学家们将之称为"数据的变化"：通过强调次要或者异质的因素，我们逐渐从一个给定的问题（服从或反抗），转移到一个全然不同的问题（如何实行一场叛逃？如何试验以往无法设想的自我管理形式?）。

在过去，我曾系统论述了出离的政治模式，它与现代国家危机的展开密切相关（参见 Virno 1994 和 2002，以及从另一个角度论述的：De Carolis 1994，Mezzadra 2001）。在那一语境下，关键在于对人类动物必不可少的逻辑语言资源进行阐述，以便在冲突发生之时，人类能够改变产生冲突的环境，而不是停留在冲突中、根据冲突固有的这个或那个行为行事。实际上，开辟出一条不可预料的出埃及之路所需的逻辑语言资源与以**转换**为特征的笑话（和谬误推理）相同，即话语轴心的突然偏离。在微观维度，出离的框架结构已经被先前考察的无数笑话如实地再生产出来。让我们至少回忆起其中的一个。一位捉襟见肘的绅士向朋友借了一笔钱。第二天，他的债主在餐厅遇见他正在吃蛋黄酱三文鱼，债主气愤地责备他："你借我的钱就是为了这个？""我不明白"，绅士如此回应债主的指责，"如果我没钱，那么我就没法吃蛋黄酱三文鱼，如果我有钱，我不应该吃蛋黄酱三文鱼。那么我何时该吃蛋黄酱三文鱼呢？"

# 7. 论生活形式的危机

任何重建创新行动逻辑的尝试，如果不对这一行动扎根的领域，即**一种生活形式的危机**，进行广度和深度上的评估，那么均将不可避免地走向失败。这种评估必须像测量土地一样精准，只有这样，我们才能掌握使论证谬误发展为严肃的启发式程序的条件。

危机理论必须得到充分发展，在前文中，我们已经涉及规则的应用以及语言实践间或面临的例外状态（见第四章）。当同一规范以许多不同、相互矛盾的方式实现时，一种生活形式就会衰败和减弱。当相关规则被迫中止和被质疑之时，我们必须求助于"共同的人类行为方式"，即物种特有行为和才能的**规律性**。这种规律性，先于任何明确的规则系统，它是即将（但仅仅是即将）以这种或那种形式呈现的人类生活。随着时间的推移，各种不同的语言游戏层出不穷，但通常隐藏在这些语言游戏之后的，则是"岩石层"。一种特定生活形式的危机重新提出了**塑造**一般生活的问题，因为在特定历史时刻，它通过不断变化的方式，把元历史的"岩石层"带到了地表。从逻辑的角度来看，当以往的习惯湮灭，我们所回到的**规律性**的特征便在于环境和层次的彻底不可分辨性。在例外状态下，任何将规则与其应用分离的尝试都是徒劳的（我们至多只能以一种明显悖论的方式声明，规则只是……它自身应用的一个特例）。当"共同的人类行为方式"变成主要参照系时，背景和前景、无可争辩的前提和偶然现象、语法层面和经验层面的准确界限都变得模糊了。生活的这个或那个事实（经验层面）可以在任何时刻僵化为规范（语法层面），而先前实行的规范正被液化，并将再次呈现为生活中的简单事实。为即将到来的转折做准备，我们可以这么说：正是由于某种确定的生活形式危机所造成的语法平面和经验平面之间的模糊，使得亚里士多德在《辩谬篇》中考察的谬误推理不再是一种谬误，而是成为创新行动的**工具**。

在习惯和语言游戏互相侵蚀至死方休的方式上，维特根斯坦向我们提供一些有限的线索。当然，维特根斯坦一直强调生活形式的多样性，甚至是历时性的多样性，以及这些生活形式的交替与中断："但是人们认为合理或不合理的事物是**有变化的**。某些时期人们会把其他时期认为不合理的东西看作合理的。反过来说也对。"① 然而，维特根斯

---

① ［英］维特根斯坦：《论确实性》，张金言译，桂林：广西师范大学出版社，2002年，第52页。——译者注

坦很少聚焦于真正重要的方面：在一种生活形式过渡到另一种生活形式的过程中，发生了什么？在前一种生活形式几乎无法维持自身，而后一种还只是一种古怪试验的灰色地带中，发生了什么？维特根斯坦在这方面的吝啬，使得许多维特根斯坦主义者将人类动物的历史性视作黑格尔的衍生发明，他们只满足于记录集体习惯和语言游戏的周期性转变，而无视那些制作了缤纷花束和见证四季更替的人。只有当这些虚幻的博物学家明白了探寻生活形式**危机**的必要性，他们才会发现，和直立行走一样，历史也是我们物种的一项**自然**特权。人类历史性的脉络被完全包含在一种语法到另外一种语法的运动中；然而那些编纂已经形成但还未特殊化的语法之人，并不理解这一点。许多维特根斯坦主义者对此的忽视，使得思考维特根斯坦的一些非著名段落更加重要，在这些段落里，维特根斯坦不仅承认生活形式的可变性，而且还勾勒出了一种现象学，以及最为重要的，它们的危机的**逻辑**。让我们重申，我们整合和澄清创新行动的逻辑这一理论任务，正从属于危机的逻辑。

除了《哲学研究》的第 206 节（"但若一个人这样，另一个人那样对命令和训练做出反应，那该怎么办？谁是对的？"①），在维特根斯坦生命最后两年所编辑的评论中，维特根斯坦提供了关于语言实践的例外状态的重要信息，

---

① ［英］维特根斯坦：《哲学研究》，陈嘉映译，上海：上海人民出版社，2001 年，第 124 页。——译者注

这些评论后来以《论确实性》之名出版。在这些文段中，维特根斯坦对灰色地带（规律性）进行了专门研究。在灰色地带中，一种生活形式（规则）的语法结构变得十分脆弱，以至于流回经验现象之中，与此同时，一些经验现象（不寻常的应用），凭借一种颠倒的运动，开始扮演语法的角色。如果维特根斯坦有历史理论，那么我们就必须在这里搜寻它。我将聚焦于以下问题：a) 为什么那些关于语言游戏基础的语法命题，既非真，也非假？b) 语法层面和经验层面的并置（即危机本身）；c) 新语法取代旧语法的方式。这三个问题共同界定了不规则推论不再作为"谬误"的范围。在前文中，我已经对作为创新行动的图表的笑话进行了一些探索，因此，显而易见，在本书的最后几页，我将对目前为止的主要论证线索进行总结。我希望，这项任务以唯一一种可以避免简单的强迫性重复的方式进行：通过进一步引入一些细微差别，这能让我们对已经说过的内容有新的理解。

**a)** 维特根斯坦批判地思考了乔治·摩尔①（George E. Moore）的观点。根据该观点，每个人都拥有一定数量的始终为**真**的命题，这些命题建立在我们**所知**的绝对确实的事物之上。例如"即使我不注意，我也知道我有两只手"或"地球在我出生之前就存在"。维特根斯坦对这一观点持有

---

① 乔治·摩尔，英国分析哲学学派哲学家，著有《伦理学原理》等。——译者注

非常尖锐的反对意见,他指出,在这些案例中,谓词"真"和动词"知道"完全不一致,甚至毫无意义。

主张使用此类命题是一种明显的逻辑错误。我的双手的存在这一确实性与认知行为(也就是说,与知识的形式)无关,同时,这种确实性也并非源自判断(真或假)。表达一组无可置疑真理的命题,集中体现了所有认知行为和判断坚决反对的**背景**:这一假设使得真与假、对与错、正确与谬误之间的同一区分成为可能。维特根斯坦说:"但是我得到我的世界图景并不是由于我曾确信其正确性,也不是由于我现在确信其正确性。不是的,这是我用来分辨真伪的传统**背景**。"① 吸引摩尔注意力的确实性不能由一个纯粹的逻辑原因来定义真假:就像我们用来表示联结和否定的符号一样,它们都是语言游戏语法的一部分,也就是说,它们和规则是同一的:"描述这幅世界图景的命题也许是一种**神话**的一部分,其功能类似于一种**游戏的规则**。"② 我们不能用游戏的单个步骤的标准来评估一个规则,因为这些标准(比如说"正确性"和"不正确性")正源自该游戏。"我有一个世界图景。这个世界图景是真还是假?最重要的在于它是我一切探讨和断言的基础。"③

---

① [英]维特根斯坦:《论确实性》,张金言译,桂林:广西师范大学出版社,2002年,第17页。——译者注
② [英]维特根斯坦:《论确实性》,张金言译,桂林:广西师范大学出版社,2002年,第17页。——译者注
③ [英]维特根斯坦:《论确实性》,张金言译,桂林:广西师范大学出版社,2002年,第29页。——译者注

如果认为语法命题只涉及某些博物学和元史学证据：人类身体的部位、世代的交替、世界的规模和延续等，这完全是一种错误的看法。事实并非如此。对于维特根斯坦来说，语言游戏的规则只不过是"更僵化的经验命题"。但是，僵化的可能性，即上升到语法度量单位的地位，对于**每一**种经验命题都是适用的。它既适用于"我知道我有两只手"，也适用于"服从权威是人的本性"或"上帝创造了世界"。一种生活形式的语法，也就是"我一切探讨和断言的基础"，很大程度上由观点和社会历史信仰构成。或者，换句话说，由镌刻在特定共同体中的**普遍认可的意见**构成。而恰恰是这些确实性-普遍认可的意见，在危机发生时，又回到了流动状态，从而重新获得了一种经验的基调。维特根斯坦的例子（1969，§ 336）：宗教的确实性，曾经既非真也非假，因为它构成了真假断言的基础，但从某一时刻起，人们开始将它视作可疑的，甚至是不合理的。

人们通常不会明确指出语言游戏的语法前提。一般情况下，人们不会这么说："这是真的，我确实有两只手。"对维特根斯坦来说，背景只在两种情况下具有显著意义：在伦理学和自明的笑话中。当我们思考生活的意义时，当我们与熟悉的行为拉开一段距离时，我们会"惊叹于世界的存在"，并非因为其中发生了什么，而是因为它是一个简单的事实（Wittgenstein 1965, pp. 12 - 13）。说"我**知**道世界的存在"是毫无意义的，因为世界的存在是所有实际

"知识"形式的无可争议的基础。这种语法的确实性,本身既非真也非假,但在伦理觉醒的过程中,当我感知到它与对事物经验状态的描述之间的差异时,就会凸显出来,并引起真正的惊奇。笑话是对世界的存在感到惊奇的一种粗俗版本,它将显而易见的事说得好像前所未闻一样。维特根斯坦写道:"这是确定无疑的:当没有人能够怀疑时,'那是一棵树'也许可能是一种**笑话**,而它作为笑话也许可以有意义。事实上,雷南有一次讲的就是这类**笑话**。"① 弗洛伊德也曾介绍过一些自明的笑话,类似于维特根斯坦的"这是一棵树",甚至类似于摩尔的"我知道我有两只手"。例如"大自然是多么有先见之明啊!孩子一来到这个世界,就找到了一个随时准备照顾他的母亲!"(*MdS*, p. 83)。在这个例子中,笑话为人们提供的乐趣在于,一个语法命题**似乎**被当作一个经验命题来对待。但这一"似乎"又如何?它难道不是创新行动的核心吗?为了揭露某种语言游戏的基础,我们可以暂时假定它具有吸收大量经验事实的能力,这是逐渐转向另一套规则控制下、另一种游戏的唯一方式。

只有当区分恰当和谬误行动的"基准"或"基础"的改变遇到问题时,诡辩谬误才不再是诡辩谬误。正如一个语法命题非真(当然也非假),因此改变语法和经验界限的谬误论证程序同样是非假(当然也非真)。维特根斯坦对摩

---

① [英]维特根斯坦:《论确实性》,张金言译,桂林:广西师范大学出版社,2002年,第74页。——译者注

尔自明之理的判断，同样适用于危机中诡辩谬误的**运用**。在语言游戏的基础上，谈论正确与否**总是**毫无意义的。如果这个基础能够支撑自身，那是毫无意义的；如果它受制于明显的变革力量，也同样是毫无意义的。维特根斯坦写道："如果真理是有理由根据的东西，那么这理由根据就不是真的，然而也不是假的。"① 区分创新行为（以及笑话）的生产性谬误，并非错误的，其原因与我们不将"我知道我有两只手"这一断言视作真理相同。熊彼特式企业家使用的谬误推理（基于同一材料的多重用法）以及能够让人们实施社会政治出离的谬误推理（基于语义转换），都有助于改变一种生活形式的语法。我们可以这么来解释维特根斯坦：如果对于基础而言，假是假的，那么支持创新行动的谬误推理永远不会是假的（或错误或谬误的），因为它们旨在重新定义基础本身。

**b)** 我们用源自语法基础的标准判断一个行为，但是如果这种语法基础逐渐消退，并表现出一种渐进的不稳定性和破裂性，会发生什么？"我一切探讨和断言的基础"就成为许多探讨和断言的对象。在某一时刻僵化为规则的经验命题，现在重新回到流动状态。维特根斯坦写道："人们可以想象。某些具有经验命题形式的命题变得僵化并作为尚未僵化而是流动性的经验命题的渠道；而这种关系是随着

---

① ［英］维特根斯坦：《论确实性》，张金言译，桂林：广西师范大学出版社，2002年，第34—35页。——译者注

时间而变化的，因为流动性的命题变得僵化，而僵化的命题又变得具有流动性。"① 这就是危机的现象学。现在让我们推测一下它的逻辑是什么。

语法和经验之间的关系"随时间而变化"。然而，我们可以设想，在发生变化的时间弧中，很难——或毫无意义，或真正**荒谬**地——明确区分语法和经验、**法权问题**和**事实问题**。正如我们多次所见，两大领域相互并置，并正逐步混合。当"流动性的命题变得僵化，而僵化的命题又变得具有流动性"时，我们还必须对一些**半僵化和半流动**命题进行说明。它们既揭示了规则的特定内容，也揭示了特定行为的监管范围。半僵化或半流动命题划定了一个领域，在该领域中，每一个**法权问题**始终是**事实问题**，反之，每一个**事实问题**也始终是**法权问题**。这一中间地带——换句话说：**规律性**或"共同的人类行为方式"——是创新行动的特权领地（显然易见，也是笑话的特权领地）。一方面，创新行动引起或加速旧语法结构的流动化，另一方面，则是促进某些经验事实僵化，并成为不同规范的"基准"或"基础"。但可以确定的是，围绕例外状态的半僵化或半流动命题，向我们展示出一种摈除歧义的、具有良好形式的推理和论证。换句话说：在具有三个或以上前提的三段论中，在因果的互换中（"从语法到经验"合法地倒转为"从

---

① ［英］维特根斯坦：《论确实性》，张金言译，桂林：广西师范大学出版社，2002年，第18页。——译者注

经验到语法"），在语义歧义和同音异义中，在不同范畴的转换中（在推论过程中，我开始将语法视为经验，反之亦然)，在将谓语的偶然属性归结到主语中……危机的逻辑确立了其自身的标准。总而言之，危机的逻辑在不规则或"谬误"的推论中有其真正的标准。

当某种生活形式破裂和自我燃烧时，**生活塑形(mettere in forma la vita come tale)** 这一问题便会被重新提上议程，尽管是在一个特殊的历史语境下。在危机中，人类实践再次将自身置于那一门槛上（一种本体的，但同时也是先验的门槛），那里，口语依赖于非语言冲动并自上而下地对它们进行重塑；因此，它再次将自身置于阿基米德支点上，在那里，痛苦的呼喊被话语取代，恐惧、欲望、敌对情绪也是如此（参见第四章）。危机的逻辑明晰于本能装置和命题结构、冲动和语法的联结中。任何试图勾勒不同规范的"基础"的尝试，尽管是在完全特定的社会政治环境中进行的，但都是对一般生活到语言生活的过渡的小规模回溯和混合。反常推理是一种精确的工具，借助于它，言语思维得以勾勒出不同规范的"基础"，每次都重新唤起这一**人类起源**的过渡（参见 Virno 2003, pp. 75-88）。它们的反常之处在于语言将最初的非语言冲动保存自身的方式，尽管已经焕然一新、无法辨认。如果要改变历史给定的语法，那么就必须模仿再现前语法生活的退场，只有温和的话语才能提供这一方式。

维特根斯坦指出:"这种神话可能变为原来的流动状态,思想的河床可能移动。"① 然而"我却分辨出河床上的河流运动与河床本身的移动,虽然两者之间并没有什么明显的界限"②。如果我们想要以一种现实主义的方式来描述它,那么这种不可分辨性强烈要求,论证可以以其他方式组合最初的数据,或将话语的轴心转向最初没有考虑到的因素。由于例外状态的特点在于一种真实的矛盾(河床也是河流的运动,河流的运动也是河床),因此,在矛盾推论中发现错误本身将是错误和不切实际的。这种推论只有在灰色地带才能清晰展示出自身,在那里"同样的命题有时可以当作受经验检验的东西,而有时则可以看作检验的规则"③。只有谬误真实地说明了这一命题的两面性,因为它**同时**揭示出其流动的一面和僵化的一面,它的事实状况和规范本性。在危机情况中,以创新行动为目的而使用的谬误推理表明"规则与经验命题之间的界限上缺少明确性"④;此外,此谬误推理还促使我们注意到"规则与经验命题相互融合"这一情况。同一个命题必须同时被视为一个需要被考察的命题和考察的规则,这是笑话的典型特征:

---

① [英]维特根斯坦:《论确实性》,张金言译,桂林:广西师范大学出版社,2002年,第18页。——译者注
② [英]维特根斯坦:《论确实性》,张金言译,桂林:广西师范大学出版社,2002年,第18页。——译者注
③ [英]维特根斯坦:《论确实性》,张金言译,桂林:广西师范大学出版社,2002年,第18页。——译者注
④ [英]维特根斯坦:《论确实性》,张金言译,桂林:广西师范大学出版社,2002年,第50页。——译者注

"我永远不会加入一个接受我这样的人的俱乐部。"如果我们笑了，那是因为语法的河床在我们眼前变成了经验的河流，而河流又变成了河床；或者因为这条规则本身也是一个事实，它被巧妙地应用于自身。

**c)** 维特根斯坦将生活形式的语法比作"物体转动所围绕的轴"①。这意味着规则的权威完全取决于它们的应用："说这个轴是固定的，意思并不是指有什么东西使它固定不动，而是指围绕它进行的运动确定了它的固定不动。"② 在一个语言游戏中，我们得以评估其运动的基础只不过是这些运动的结果，甚至是它们的**剩余物**（residuo）。应用时刻的自主性，甚至是其绝对优先性，在这里再次显露自身（参见第四章）。语法命题非但没有逐步地指导语言实践，相反，"这个命题只有从我们所作的其他断言中获得意义"③。这也正是卡尔·施密特对法律规则实现的看法。只有我们的"进一步断言"才能决定判断经验主张正确与否的"背景"或"基础"。

维特根斯坦坚决强调从语法（规则）到经验（应用）的反向运动，他写道："我已经到了我的确定信念的基层。

---

① ［英］维特根斯坦：《论确实性》，张金言译，桂林：广西师范大学出版社，2002年，第27页。——译者注
② ［英］维特根斯坦：《论确实性》，张金言译，桂林：广西师范大学出版社，2002年，第27页。——译者注
③ ［英］维特根斯坦：《论确实性》，张金言译，桂林：广西师范大学出版社，2002年，第27页。——译者注

人们也许差不多可以说这些墙基是靠整个房子来支撑的。"① 如果这些墙是由它所支撑的房子支撑的，那么我们可以认为，通过逐步重塑房间、楼梯和屋顶，这些墙基也可以被改造，甚至被替换。围绕轴心的运动可以保证此运动的稳定性，也可以导致其根本性的覆灭。规则的应用具有决定性的作用。"某些事件会让我处于一种不能继续使用旧的语言游戏的境地。在这种情况下，对我来说这种游戏就失去了**确实性**。这难道不十分明显地表示一种语言游戏的可能性受到某些事实的限制吗？"② 干预我们继续"旧语言游戏"的事件只是其规则的错误和不寻常应用。这些错误和不寻常之处在于，应用性的决定以并列的"是"代替析取的"或"（正如"漏水的壶"这一笑话中所体现的那样）；或不以相同的关系来肯定和否定；或将对话者单独意义上的主张视作一个整体；或加强了某个句子的含混性。威胁语言游戏安全性的"既定事实"是以论证谬误的**反事实**，甚至**启发式运用**为特征的单独运动。在上文中（参见第六章），为了避免误解和误会，我们已经考察过这一点，现在这一运用在维特根斯坦概述的**危机理论**中找到了适当的位置（而维特根斯坦的研究者们却固执地忽略了这一

---

① ［英］维特根斯坦：《论确实性》，张金言译，桂林：广西师范大学出版社，2002年，第40页。——译者注
② ［英］维特根斯坦：《论确实性》，张金言译，桂林：广西师范大学出版社，2002年，第100页。——译者注

点）。我们的"进一步断言"利用谬误推理作为假设推理的前提，推翻了它所依赖的语法确定性。笑话和创新行动通过一个公开的"谬误"猜想改变了生命形式的"旋转轴"，而这一猜想在瞬间揭示出一种应用游戏规则的全新方式：与之前看起来相反，我们完全有可能选择一条岔路或逃出法老的埃及。

# 后 记

很多人都将笑话等同于"生命的星期天"或狂欢节的间歇，因为在这期间，人们终于可以合法违反和嘲弄工作日的现行秩序了。我一点都不喜欢这一观点。首先，没有什么比违法的欲望更令人忧郁、更倾向于认命了。其次，也是最为重要的，这种思维方式遮蔽了笑话中真正重要的东西。

在这本书中，我不曾对笑话的内容给予重视（笑话并非总是对权威和社会等级的不敬），而是聚焦于笑话利用的**逻辑语言资源**。我之所以这么做，是因为我坚信一般创新行动和笑话依赖于同一基本资源。正如我在开头所说的那样，玩笑是一种非常特殊的语言游戏，它详细地展示出所有语言游戏的可变性。笑话揭示了**操作**层面和**元操作**层面之间的独特交织。它们揭示出一种特殊的操作，这种操作的显著特点在于识别诸多操作的共同特征，而通过这些操作，实践的均衡状态得以被打破。和地图一样，笑话以微缩的形式展示了改变一种生活形式的技术。但在展示这些技术的**同时**，笑话也在利用这些技术来做一些意想不到的事情。从这个意义上说，笑话就像一幅围绕自身所描绘的领土中心的地图：这既是一幅总体性的图像，也是一幅有限聚焦的图像。

所有对**笑话**的分析都试图强调其构成性矛盾：其中许多分析都提及了隐藏意义与表面意义的共存，或提及了某一给定词语的比喻意义和字面意义的同时运用。这些分析没什么不对。但是，我试图指出，真正关键的矛盾能够在笑话中，使我们辨别出遭遇例外状态的语言实践的图表。现在，通过总结，我将再次提及这一行动过程中的两个例子。

首先，在应用**规则**的过程中，笑话（就像**实践智慧**一样）会站在规则之上，并采用"共同的人类行为方式"作为参照系。因此，第一个矛盾便是物种特有行为形式的**规律性**和既定**规则**之间的矛盾。笑话在两者之间不断摇摆，避免陷入单一之中。

其次，笑话将经验推至语法层面，将语法推至经验层面，从而揭示出它们之间的可换性。这一进一步的矛盾，与前一种矛盾相关，却不完全相同。这种矛盾在于将河床视作河流，将河流视为河床。笑话，就像创新行动一样，完全依赖于**半僵化或半流动命题**。创新行动，就像笑话一样，有着自己的工具箱；换句话说，有着自己的逻辑框架，而这一逻辑框架正是由允许生产或使用此类命题的谬误推理构成。

# 参考书目

Arendt, Hannah

1982 *Lectures on Kant's Political Philosophy*, University of Chicago Press, Chicago; trad. it. *Teoria del giudizio politico. Lezioni sulla filosofia politica di Kant*, il melangolo, Genova 1990.

Aristotele

EN (=*Ethica Nicomachea*); trad. it., con testo greco a fronte, *Etica Nicomachea*, a cura di Marcello Zanatta, Rizzoli, Milano 1986. *Pol.* (= *Politica*); trad. it., con testo greco a fronte, *Politica*, a cura di Carlo A. Viano, Rizzoli, Milano 2002.

Rhet. (=*Ars Rhetorica*); trad. it., con testo greco a fronte, *Retorica*, a cura di Marco Dorati, Mondadori, Milano 1996.

Soph. El. (=*Sophistici Elenchi*); trad. it., con testo greco a fronte, *Confutazioni sofistiche*, a cura di Marcello Zanatta, Rizzoli, Milano 1995.

Top. (=*Topica*); trad. it. *Topici*, in *Opere*, vol. II, Laterza, Bari 1973.

Benveniste, Émile

1967 *La forme et le sens du langage*, in *Problèmes de linguistique générale* II, Gallimard, Paris 1974; trad. it. *La forma e il senso del linguaggio*, in *Problemi di linguistica generale* II, il Saggiatore, Milano 1985, pp. 245 – 270.

1969 *Sémiologie de la langue*, in *Problèmes de linguistique générale* II, Gallimard, Paris 1974; trad. it. *Semiologia della lingua*, in *Problemi di linguistica generale* II, il Saggiatore, Milano 1985, pp. 59 – 82.

Cellucci, Carlo 2022

*Filosofia e matematica*, Laterza, Roma-Bari.

Chomsky, Noam

1988 *Language and Problems of Knowledge. The Managua* Lectures, mit Press, London-Cambridge; trad. it. *Linguaggio e problemi della conoscenza*, il Mulino, Bologna

1991.

De Carolis, Massimo

1994 *Tempodi esodo. La dissonanza tra sistemi sociali e singolarità*, manifestolibri, Roma.

2004 *La vita nell'epoca della sua riproducibilità tecnica*, Bollati Boringhieri, Torino.

Freud, Sigmund

1905 *MdS = Der Witz und seine Beziehung zum Unbewussten*, Deuticke, Leipzig-Berlin; trad. it. *Il motto di spirito e la sua relazione con l'inconscio*, Bollati Boringhieri, Torino 2002.

Garroni, Emilio

1978 *Creatività*, in *Enciclopedia Einaudi*, vol. IV, Einaudi, Torino, pp. 25 - 99.

Gehlen, Arnold

1940 *Der Mensch. Seine Natur und seine Stellung in der Welt*, Juncker und Dünnhaupt, Berlin; trad. it. *L'uomo. La sua natura e il suo posto nel mondo*, Feltrinelli, Milano 1985.

Kant, Immanuel

1790 *Kritik der Urtheilskraft*, Lagarde und Friederich, Berlin-Libau; trad. it. *Critica del giudizio*, Laterza, Bari 1974.

1798 *Der Streit der Fakultäten*, Nicolovius, Königsberg; trad. it., parziale, *Se il genere umano sia in costante progresso verso il meglio*, in *Scritti politici e di filosofia della storia e del diritto*, a cura di Norberto Bobbio, Luigi Firpo e Vittorio Mathieu, utet, Torino 1971, pp. 213-230.

Lo Piparo, Franco

2003 *Aristotele e il linguaggio. Cosa fa di una lingua una lingua*, Laterza, Roma-Bari.

Mezzadra, Sandro

2001 *Diritto di fuga. Migrazioni, cittadinanza, globalizzazione*, Ombre Corte, Verona.

Piazza, Francesca

2000 *Il corpo della persuasione. L'entimema nell a retorica greca*, Novecento, Palermo.

Schmitt, Carl

1922 *Politische Theologie. Vier Kapitel zur Lehre der Souveränität*, Duncker und Humblot, München; trad. it. *Teologia politica: quattro capitoli sulla dottrina della sovranità*, in *Le categorie del «politico». Saggi di teoria politica*, il Mulino, Bologna 1972, pp. 27 - 86.

1932 *Der Begriff des Politischen*, Duncker und Humblot, München; trad. it. *Il concetto del «politico»*, in *Le categorie del «politico». Saggi di teoria politica*, il Mulino, Bologna 1972, pp. 87 - 183.

Schumpeter, Joseph A.

1911 *Theorie der wirtschaftlichen Entwicklung*, Dunckerund Humblot, Leipzig; trad. it. *Teoria dello sviluppo economico*, Sansoni, Firenze 1977.

Todorov, Tzvetan

1974 *La réthorique freudienne*, in *Théories du symbole*, Seuil, Paris 1977; trad. it. *La retorica di Freud*, in *Teorie del simbolo*, a cura di Cristina De Vecchi, Garzanti, Milano 1991, pp. 313 - 355.

Virno, Paolo

1994 *Virtuosismo e rivoluzione. La teoria politica dell'*

*esodo*, in *Mondanità. L'idea di «mondo» tra esperienza sensibile e sfera pubblica*, manifestolibri, Roma, pp. 87 – 119.

2002 *Esercizi di esodo. Linguaggio e azione politica*, Ombre Corte, Verona.

2003 *Quando il verbo si fa carne. Linguaggio e natura umana*, Bollati Boringhieri, Torino.

Waismann, Friedrich

1967 *Wittgenstein und der Wiener Kreis*, Blackwell, Oxford; trad. it. *Ludwig Wittgenstein e il Circolo di Vienna*, La Nuova Italia, Firenze 1975.

Wittgenstein, Ludwig

1953 *Philosophische Untersuchungen*, Blackwell, Oxford; trad. it. *Ricerche filosofiche*, a cura di Mario Trinchero, Einaudi, Torino 1974.

1965 *A Lecture on Ethics*, «The Philosophical Review», 74, pp. 3 – 12; trad. it. *Conferenza sull'etica*, in *Lezioni e conversazioni sull'etica, l'estetica, la psicologia e la credenza religiosa*, a cura di Michele Ranchetti, Adelphi, Milano 1972, pp. 5 – 18.

1969 *On Certainty*, Blackwell, Oxford; trad. it. *Della Certezza*, Einaudi, Torino 1978.